Pierre Bost

Monsieur Ladmiral va bientôt mourir

Gallimard

Né en 1901, Pierre Bost fut romancier et dramaturge durant l'entre-deux-guerres, puis scénariste et dialoguiste jusqu'à sa mort en 1975. Auteur d'une dizaine de romans, de quatre recueils de nouvelles et de textes divers, publiés entre 1925 et 1945, il participe, à l'instar de Proust, au renouveau du roman psychologique. Peintre habile de l'âme, il a laissé une œuvre rare, reconnue par ses contemporains dès la publication de son premier texte *À la porte*, à l'âge de 22 ans. *Le scandale*, son troisième roman, paru en 1931, est récompensé par le prix Interallié. À la fin de la guerre, il publie son dernier roman, *Monsieur Ladmiral va bientôt mourir*, et se consacre désormais au cinéma. Avec Jean Aurenche, il signera une cinquantaine de scénarios pour les plus grands réalisateurs, notamment Claude Autant-Lara (*Le Diable au corps*), René Clément (*Jeux interdits, Paris brûle-t-il ?*), Jean Delannoy (*La Symphonie pastorale*) et Bertrand Tavernier (*L'Horloger de Saint-Paul, Que la fête commence*). Ce dernier portera à l'écran, en 1984, *Monsieur Ladmiral va bientôt mourir*, sous le titre *Un dimanche à la campagne*.

à Nelly Detœuf

Quand Monsieur Ladmiral se plaignait de vieillir c'était en regardant l'interlocuteur bien en face, et sur un ton provocant, qui semblait appeler la contradiction. Ceux qui le connaissaient mal s'y trompaient et répondaient poliment, comme on fait toujours, que Monsieur Ladmiral se faisait des idées, qu'il était encore gaillard et qu'il enterrerait tout le monde. Alors Monsieur Ladmiral se fâchait et citait ses preuves : il ne pouvait plus travailler à la lampe, il se relevait la nuit jusqu'à des quatre fois, il avait les reins brisés quand il avait scié du bois et puis enfin, personne ne pouvait rien répondre à cela, il avait plus de soixante-dix ans. Ce dernier argument était destiné à clouer le bec aux plus optimistes et le leur clouait d'autant mieux que Monsieur Ladmiral, non seulement avait plus de soixante-dix ans, mais en avait bel et bien soixante-seize. Mieux valait donc ne pas chercher à le contredire quand il se plaignait de vieillir. Et puis, pourquoi lui refuser ses derniers plaisirs ? Ça l'ennuyait de vieillir, mais ça le consolait un peu de se plaindre. En effet, Monsieur Ladmiral vieillissait beaucoup, et de plus en plus vite. La vieillesse, c'est une pente très douce mais, même au bout d'une pente très douce, les cailloux finissent par aller terriblement vite.

Il fallait, naturellement, se garder d'abonder avec trop de chaleur dans le sens de Monsieur Ladmiral. Il réservait à soi seul le droit de dire qu'il vieillissait et, en réalité, faisait de grands efforts, mais vains, pour tenter de cacher cette vérité pénible, pénible surtout pour lui, et que, du reste, il ne cachait guère qu'à lui-même. Et encore, au prix de quels mensonges ! Quand il avait quitté Paris, dix ans plus tôt, pour venir habiter à Saint-Ange-des-Bois, Monsieur Ladmiral avait fait savoir, pour vanter la maison qu'il achetait, qu'elle était à huit minutes de la gare. C'était presque vrai à cette époque. Par la suite, et à mesure que Monsieur Ladmiral vieillissait, la maison avait été à dix minutes, puis à un bon quart d'heure de la gare. Monsieur Ladmiral n'avait constaté ce phénomène que très lentement, n'avait jamais su l'expliquer et, pour mieux dire, ne l'avait jamais admis. Il était entendu qu'il habitait toujours à huit minutes de la gare, ce qui n'était pas fait pour simplifier la vie ; il fallait jouer avec les pendules, faire de faux calculs, prétendre que l'horloge de la gare avançait, ou que l'heure du train avait été changée sournoisement ; Monsieur Ladmiral, dans le temps où il allait encore à Paris, avait même manqué des trains, héroïquement, pour qu'il ne fût pas dit qu'il habitait à plus de huit minutes de la gare.

— Je veux bien admettre, disait-il dans ses jours de sincérité, que je marche un peu moins vite qu'autrefois, mais on ne me fera jamais croire qu'en moins de dix ans (il y avait un peu plus de dix ans), ce chemin s'est allongé de dix minutes.

Monsieur Ladmiral vivait avec une servante, Mercédès, qui, avec une extrême courtoisie et une sûreté infaillible répondait toujours les mots les plus désagréables.

— Monsieur a tort, disait-elle, de ne pas se rendre compte que Monsieur va maintenant comme la tortue. Mais si ça arrange Monsieur, ça n'est pas moi qui lui chercherai des raisons. Ma mère est tout comme Monsieur, les personnes d'âge sont souvent comme ça.

Monsieur Ladmiral acceptait ce genre d'insolence déférente avec une très belle résignation. Il avait compris depuis longtemps que Mercédès lui était indispensable dans sa solitude et qu'il ne fallait pas la fâcher, car elle était bête comme un cochon et méchante comme la gale. Au premier incident un peu vif, disait-il, elle serait partie en claquant les portes. C'était pur mensonge, et Monsieur Ladmiral le savait bien. Mercédès ne tenait pas à quitter une si bonne place et elle aimait bien son vieux maître. Mais celui-ci cultivait avec soin la fausse crainte de se voir abandonné, dernier souvenir qui lui restât peut-être de rapports normaux avec les femmes.

Mercédès, comme toutes les femmes, se gardait bien d'abuser de la situation ; elle en usait, et c'était assez.

Quand la discussion renaissait sur cette question de la gare et des huit minutes, Mercédès disait aussi :

— Tant que Monsieur n'ira pas à reculons comme les écrevisses, Monsieur aura toujours une chance d'avoir son train.

— D'abord, grinçait Monsieur Ladmiral, les écrevisses ne vont pas à reculons.

— C'est possible, disait Mercédès ; Monsieur en sait plus long que moi, mais Monsieur m'a très bien comprise.

Monsieur Ladmiral enrageait d'abandonner si vite une querelle si bien commencée. Mais avec Mercédès c'était toujours comme ça. À peine une ou deux répliques avaient-elles amorcé le débat, la discussion avortait. Ou bien Monsieur Ladmiral lui-même se faisait violence, renonçait à poursuivre parce qu'il n'était pas de sa dignité de se commettre avec ses gens, ou bien Mercédès, le plus souvent, coupait court, par une de ces répliques qui découragent la dispute. Monsieur Ladmiral avait été habitué par sa femme, autrefois, à une technique très savante et très précise de la discussion : minutieuse, exhaustive, presque luxueuse à force de recherches et d'ornementation ; un art de la querelle un peu vieillot peut-être, mais cossu, soigné, et qui avait du style. Aucun de ses enfants n'avait hérité ce don maternel, et Monsieur Ladmiral, une fois veuf, s'était senti très seul. Mercédès, elle non plus, n'était pas à la hauteur et Monsieur Ladmiral, devant ce partenaire insuffisant, se sentait vaincu jusque dans ses victoires. Quand Mercédès mettait fin à un débat bien engagé, il restait mal à l'aise, nerveux, irritable, la gorge encombrée d'arguments, de plaintes et simplement de discours qui se pressaient, se bousculaient, ne réussissaient ni à sortir ni à rentrer, comme une foule qui refuse de circuler, et qui l'étouffaient.

— Je rappelle à monsieur que M. et Mme Édouard arrivent par dix heures cinquante, dit Mercédès, ce matin-là. C'était un dimanche.

— Eh bien ! quoi ? dit Monsieur Ladmiral. Je partirai à moins vingt, acheva-t-il d'un ton plus sec. Et j'ajoute que M. Édouard s'appelle Gonzague, ce qui vous a une autre allure.

15

Le fils de Monsieur Ladmiral s'appelait, en effet, Gonzague. Mais quand Gonzague s'était marié, sa femme avait eu peur de ce prénom et avait choisi le second : Édouard, qui lui avait paru plus rassurant. Monsieur Ladmiral n'avait jamais accepté ce second baptême.

— Gonzague ou pas, dit Mercédès, ces personnes arrivent par dix heures cinquante. Et elle ajouta : Que monsieur ne se dérange pas !

La scène se passait dans la cuisine. Monsieur Ladmiral, qui venait de se lever, était vêtu d'un pyjama à larges rayures vertes. Les jambes du pantalon étaient roulées en turban au-dessus des genoux, découvrant deux jambes maigres, et les pieds nus étaient chaussés de gros souliers de marche pas lacés. Monsieur Ladmiral, un pied sur un tabouret, cirait ses souliers quand Mercédès le pria de ne pas se déranger et s'empara du tabouret. Il dut, sans lâcher sa brosse, se sauver en clopinant à travers la cuisine, pour aller poser son pied un peu plus loin, sur le bord de l'évier. Aussitôt Mercédès eut besoin de l'évier et s'approcha.

— Que Monsieur ne se dérange pas, reprit-elle. Et pourchassa un peu plus loin Monsieur Ladmiral.

Elle semblait aller et venir au hasard à travers la pièce. En réalité, son itinéraire était combiné de telle sorte qu'il passait exactement, de seconde en secon-

de, par le point où venait de se poser Monsieur Ladmiral, toujours clochant, plié en deux et frottant son
soulier.

Mercédès, de pourchas en pourchas, expulsa enfin
son maître de la cuisine. C'était une grande cuisine
de campagne, très propre et bien outillée, où Mercédès préférait être seule, comme il se doit. Monsieur
Ladmiral, lui, regagna sa salle de bains. Il appelait
ainsi, non sans quelque apparence de raison, une
pièce carrelée et ripolinée, ornée d'une baignoire et
d'un chauffe-bains. Mais Monsieur Ladmiral ne prenait jamais de bains ; il avait vécu son enfance, puis
sa jeunesse, puis son âge mûr, dans un temps et dans
des maisons où le bain était tenu pour un luxe, et il
pouvait constater qu'il n'en avait pas moins atteint
un âge appréciable, sans se porter plus mal qu'un
autre, ni surtout, disait-il, sans être plus sale. Il se
passait de bains comme il portait la barbe, naturellement et depuis toujours.

Remonté de la cuisine, d'où Mercédès l'avait chas-
sé, Monsieur Ladmiral commença par retirer ses
souliers. Il les chaussait chaque matin sur ses pieds
nus, pour les cirer, puis les enlevait et les remettait
sur les embauchoirs, pendant le temps qu'il faisait sa
toilette. Ses enfants le plaisantaient sur cette manie,
mais il avait beau jeu de leur répondre que chacun a
les siennes, qu'il était bien tard pour changer, que

leur pauvre mère avait perdu sa peine à vouloir le guérir de cette habitude et que, même, la pauvre femme en avait assez souffert pendant trente ans. D'ailleurs, il fallait être juste, elle avait, elle, la manie, au petit déjeuner, de verser dans sa tasse le lait avant le café ; une habitude qu'on lui avait donnée en pension, dont elle n'avait jamais pu (ou voulu ?) se défaire. Et lui, ça le rendait malade ; on ne peut pas expliquer pourquoi : il y a des choses que l'on n'arrive pas à surmonter. Il y avait des jours où il s'arrangeait pour ne pas déjeuner avec sa femme, exprès pour ne pas voir ça.

— Ce qui prouve, disait Monsieur Ladmiral, qu'on peut toujours s'entendre, quand il s'agit des petites choses. Si les gens ne s'en doutent pas, c'est parce qu'ils ne savent pas voir assez grand.

Monsieur Ladmiral citait volontiers des exemples de ce genre devant ses enfants. Ses deux enfants. Encore un problème... Les problèmes, on les résout toujours ; l'ennui, c'est d'avoir à les poser... Ses deux enfants... Sans s'interroger beaucoup, Monsieur Ladmiral en était pourtant venu à se demander si son fils Gonzague et sa fille Irène s'entendaient toujours très bien. Pour lui, « s'entendre », entre membres d'une même famille, c'était autre chose, et plus, qu'un devoir : c'était une fonction naturelle. A peine le contraire était-il pensable. Aussi, pour n'avoir pas à mettre en doute cette parfaite union d'un frère et d'une sœur, le vieux père la souhaitait-il avec force, publiquement, en toutes occasions possibles. Et c'est pourquoi il aimait invoquer des exemples qui, à force de lui servir de preuves, en étaient venus, pour lui, à remplacer les faits. Mais il les citait rarement devant ses deux enfants réunis, car ils ne venaient pas souvent ensemble à Saint-Ange-des-Bois. A vrai dire, Irène n'y venait presque jamais ; sa dernière visite remontait à près de deux mois ; oh ! oui... au moins ; et même davantage. Il faisait encore froid : le soir, elle avait fait une flambée dans sa chambre (Irène avait passé la nuit, ce qui lui arrivait rarement). Oui, c'était pendant le coup de gelée d'avril. « Que je suis bête ! pensa Monsieur Ladmiral. C'est le lundi de Pâques qu'elle est venue ! Oui. Bientôt trois mois !... » Gonzague, lui, venait fidèlement tous les dimanches, ou presque, avec sa femme et ses trois enfants. Et toujours par le train de dix heures cinquante, comme ce matin. Monsieur Ladmiral fronça les sourcils, un peu agacé, comme si quelqu'un venait de lui dire qu'il arriverait encore en retard à la gare. Et il fit exprès de ne pas se dépêcher.

Monsieur Ladmiral faisait une toilette minutieuse, le torse nu. Il était maigre, mais ne l'avait pas toujours été, si bien que sa peau était devenue un peu trop abondante, et que deux espèces de seins flasques pendaient sur sa poitrine, tombants, courbes, bien pincés, comme deux profils de petits bateaux, de chaque côté d'une toison blanche ; les épaules étaient voûtées, les bras vigoureux, la peau couleur de perle avait quelques taches de rouille. Et maintenant Monsieur Ladmiral se penche en avant et regarde fixement son miroir, interrogateur, la main posée à plat sur son flanc. Puis il sourit. Il a senti battre son cœur, ni rapide, ni lent, bien régulier, bien à sa place, toujours là. Chaque matin, Monsieur Ladmiral a ce geste, comme un voyageur qui, au réveil, s'assure qu'il n'a pas perdu son billet. Autrefois, Monsieur Ladmiral contrôlait ainsi diverses parties de son corps. Maintenant, il ne s'occupe plus que de son cœur.

Assez sur cette nudité de vieillard. Le visage vaut mieux. Non qu'il soit très remarquable, mais il n'est pas déplaisant. On y voit d'abord et surtout une barbe blanche en éventail, aux crins tout droits, dure et épaisse comme une brosse et qui mange tout le bas de la figure. Au repos, on ne voit pas la bouche ; et seulement quand Monsieur Ladmiral parle, on voit les lèvres, charnues et rouges, s'éveiller, remuer très vite, au fond de ce buisson blanc, comme un petit mollusque soudain effrayé par la lumière. Deux yeux noirs, petits, enfoncés ; il faut bien connaître Monsieur Ladmiral pour savoir que ses yeux sont très fixes ; ils sont si piquants, si chargés de regards, si perçants, que d'abord on les croit remuants et rapides. Visage vif, éclairé, qui lance des flèches, parfois même un peu fou. Tête ronde, pommettes saillantes. Par-dessus le tout, des cheveux blancs, ébouriffés, si bien disposés en couronne autour du crâne que, vu de face, Monsieur Ladmiral est pourvu d'une belle crinière, et merveilleusement chauve, vu de dos.

Monsieur Ladmiral a maintenant fini sa toilette et s'est habillé. Jours de semaine ou dimanches, depuis plus de cinquante ans, c'est toujours le même costume de velours noir à côtes, pantalon serré aux chevilles, vareuse droite boutonnée jusqu'au cou, sur laquelle pend une cravate lavallière. Tout à l'heure, quand Monsieur Ladmiral partira pour la gare, il mettra son chapeau de drap noir à petits bords relevés en gouttière et il ressemblera tout à fait à ce qu'il a été et à ce qu'il est encore, c'est-à-dire à ce que, vers 1890, on appelait un peintre.

Le ruban de la Légion d'honneur, très discret, mais admirablement visible sur le velours noir, témoignait que Monsieur Ladmiral avait même été ce qu'on appelle un peintre connu, presque célèbre ; que, du moins, il avait reçu les honneurs officiels. Et c'était vrai.

Urbain Ladmiral, Prix de Rome, membre de l'Institut, avait obtenu les plus hautes récompenses au Salon, fait le portrait de plusieurs hauts personnages et avait reçu d'importantes commandes de l'Etat, sans même qu'il eût à faire jouer ses relations, qui étaient pourtant nombreuses, à cette époque, et utiles. Mais les relations vraiment utiles sont celles que l'on n'a même pas à faire jouer ; elles jouent toutes seules.

Monsieur Ladmiral reconnaissait de bon cœur qu'il n'avait jamais eu de génie. Cette demi-modestie, chez un homme qui pourtant s'estimait bien au-dessus de sa valeur, l'avait fait passer, comme il arrive toujours, pour un grand modeste, et lui avait été une grande source d'honneurs, de profit et d'orgueil. Ajouté aux satisfactions de vanité que lui procurait sa carrière, cet orgueil avait permis au maître Urbain Ladmiral de mener une vie heureuse. D'autant plus qu'il adorait la peinture, s'il avait assez de goût pour ne pas trop aimer la sienne. Il avait souvent expliqué à son fils et à sa fille ce qui aurait pu être le drame de sa vie, s'il n'avait eu l'horreur des drames ; et c'était à peine un regret.

— J'ai eu un tort, disait-il, c'est de manquer de courage. Mais à part ça, ce n'est pas tout à fait ma faute si je n'ai pas fait de meilleure peinture. Que voulez-vous ? J'ai peint comme on peignait de mon temps ; comme on m'avait appris à peindre. Je croyais à mes maîtres, on nous avait tellement seriné la tradition, les règles, les ancêtres, la fidélité, et que la vraie liberté suppose d'abord l'obéissance ; et que la vraie personnalité se trouve dans la discipline ; et tout le reste. Moi, j'y ai cru, je trouvais ça bien. Et puis, à mesure que j'apprenais, que j'imitais, que j'écoutais, comme j'étais très doué, le métier entrait, et je me suis aperçu un beau jour qu'il avait pris toute la place. Cette fameuse originalité, qui doit récompenser à la fin celui qui a su d'abord se plier aux règles, je ne la voyais toujours pas venir. J'étais tombé dans le piège, quoi ! Ou alors, je la voyais bien, l'originalité, mais chez les autres, et ça, c'était le plus décourageant ; je me rappelle très bien tous ces remous autour des peintres, comment dire ?... de l'autre bord, qui ne voulaient rien faire comme tout le monde, qui essayaient d'inventer du nouveau, si on veut ; en tout cas, du pas comme les autres... La grande exposition Cézanne, tenez, en 95 ou 94, par là... Intéressant, oui, mais ppp !... Je me disais : où est-ce que ça mène ? En tout cas, je ne comprenais pas, je l'avoue... C'est comme la première fois que j'ai vu un Van Gogh ! Je l'avais repéré, celui-là, parce que l'été d'avant, j'étais allé peindre à Arles, moi aussi, avec votre mère. C'est vous dire ce que je pouvais penser de Van Gogh !... Un garçon qui avait pourtant travaillé chez Cormon ! Enfin !... Je sais bien qu'il était fou...

« J'avoue que tout ça me rebroussait le poil. Et puis, que voulez-vous ? Je me disais que si ces gens-là avaient trouvé leur personnalité — ça, on ne pouvait pas dire le contraire — ça m'avançait bien, moi ! S'il fallait me mettre à imiter l'originalité des autres, ça ne me donnerait toujours pas la mienne. Alors, autant valait continuer à suivre mes maîtres et mes habitudes, puisque j'avais commencé. C'est dommage, ça m'aurait intéressé... Mais un artiste ne peut pas non plus être une girouette. Et puis, au fond, non, je n'aimais pas ce qu'ils faisaient, soyons francs. Sauf Monet, peut-être ; oui, ça, j'ai compris assez vite. Mais à la longue, quand je commençais à m'habituer à tout ça, à comprendre, à me dire qu'après tout c'était peut-être eux qui avaient raison, que voulez-vous, il était trop tard, je ne pouvais tout de même pas me mettre à la remorque de gaillards que tous mes amis avaient traînés dans la boue ; pas moi, c'est vrai, j'ai toujours voulu leur laisser leur chance, chacun fait comme il veut. D'autant plus qu'à ce moment-là, je pensais déjà vaguement à l'Institut. Oh ! vaguement, mais enfin, j'avais des devoirs, des obligations, si vous préférez... Seulement, les obligations ça devient très vite des devoirs, pour peu qu'on soit honnête avec soi-même. J'aurais peut-être pu me décider, vers 1905, par là, et changer de manière tout à fait. J'y ai pensé sérieusement ; j'ai même essayé, sans trop de peine. Ça m'a appris des choses, certainement... Mais je ne savais pas très bien moi-même quoi penser... Et puis, votre mère n'aimait pas ça, oh, mais alors, pas du tout ; et ça lui faisait vraiment de la peine de me voir tâtonner encore, à mon âge, alors qu'en somme notre situation était faite... Et puis, là-dessus, ça a été les fauves et les cubistes. Alors là, non ! Ceux-là m'ont franchement dégoûté. Et comme, en plus, je ne voulais pas renoncer au portrait, c'était ce qui se vendait le mieux, naturellement, ma foi, tant pis, il faut savoir ce qu'on veut, alors j'ai continué comme avant. Parce que, toute cette peinture-là, ça peut être intéressant à certains points de vue, je ne dis pas, mais ça ne vaut rien pour le portrait, sur ce point-là, tout le monde est bien d'accord. Et puis enfin, autre chose : tout ça, c'est de la peinture pour les peintres et les critiques d'art. Eh bien, non ! On peint aussi pour le public, que diable ! Refuser le jugement du public, et même, au fond, le contact avec le public, moi, chez un artiste, j'appelle ça de la lâcheté.

Telle avait été la carrière de Monsieur Ladmiral. Elle était maintenant terminée, au moins dans ses manifestations officielles. Monsieur Ladmiral peignait encore, mais seulement pour son plaisir, disait-il, comme s'il eût peint, jusqu'alors, pour celui des autres. Depuis dix ans, il avait quitté Paris et avait acheté une maison à Saint-Ange-des-Bois ; il n'était pas très riche, mais un peu ; il avait de quoi vivre bien. Un peintre qui sait attraper la ressemblance et la Légion d'honneur est à peu près sûr de finir ses jours sans soucis matériels.

La maison de Monsieur Ladmiral était en bordure de la forêt, au sommet d'une pente douce qui descendait vers la route et le chemin de fer. Par la baie vitrée de l'atelier, Monsieur Ladmiral aperçut, à l'horizon, la fumée blanche du petit train, qui arriverait dix minutes plus tard à Saint-Ange-des-Bois. Monsieur Ladmiral guettait toujours ce signe, quand le temps était clair, pour se préparer à partir. Il disait qu'ainsi il gagnait du temps ; en réalité, il en perdait, à surveiller l'horizon. Mais comme, de toute façon, il lui fallait plus de dix minutes pour aller à la gare...

Cette fois encore il partit trop tard. Mercédès, en le voyant sortir, ne releva même pas son regard de défi, et ne haussa même pas les épaules. A cinq cents mètres de la station, Monsieur Ladmiral commençait à croiser sur la route des voyageurs chargés de ces paquets du dimanche plus encombrants encore que les valises des vrais voyages, mais il fit comme s'il ne les voyait pas. Un peu plus loin, et à peu de distance de la gare, il aperçut son fils, sa femme et leurs trois enfants.

Gonzague portait la barbe ; une petite barbe noire en collier. Monsieur Ladmiral, qui avait porté la barbe toute sa vie, n'aimait pas celle de son fils. A son âge, c'était ridicule, personne ne porte plus la barbe aujourd'hui ; qui voulait-il singer ? (Monsieur Ladmiral le savait bien.) Et pourquoi se donner de faux airs d'artiste, quand on... Enfin !...

Monsieur Ladmiral s'était arrêté sur la route, levant les bras au ciel, dans un geste d'étonnement et d'accueil, et resta immobile, comme si un protocole subtil lui eût interdit de faire les derniers pas. Bientôt Gonzague et sa famille eurent rejoint Monsieur Ladmiral, sans courir, pas même les garçons, à qui Gonzague avait pourtant dit :

— Allons, vite ! Remuez-vous un peu ! Vous ne voyez donc pas grand-père ?

Mais les enfants, Emile et Lucien, deux gamins de quatorze et onze ans, étaient bien décidés à ne pas se fatiguer, et, depuis le matin, faisaient la tête. C'était la même chose chaque dimanche, quand la famille se mobilisait pour aller voir le grand-père. Il fallait se lever presque aussi tôt qu'un jour de semaine (alors que les petits amis qui n'ont pas de grand-père restent au lit jusqu'à des dix heures), enfiler des vête-

27

ments de dimanche qui craignent les taches et les accrocs, courir à la gare, voyager sur des banquettes de bois dans un compartiment plein, recevoir une tape sur les doigts quand on veut jouer avec la serrure, ne pas donner de coups de pied dans les jambes du monsieur d'en face, et tout ça pour trouver, au bout, un grand-père bien gentil, mais qui vit à la campagne (quelle barbe !) et qui, à force de vous voir si souvent, a perdu l'habitude de vous faire des cadeaux. Sans compter que Mireille, la dernière, une adorable petite fille de cinq ans, ne supportait pas le chemin de fer, pâlissait au bout du premier quart d'heure, pleurnichait et, finalement, poussée à bout par les encouragements de sa mère, vomissait sur le plancher ou sur le voisin. Gonzague-Edouard et sa femme se confondaient alors en excuses ; il fallait réparer les dégâts à grands coups de mouchoirs et de journaux, les voisins expliquaient, avec des réticences perceptibles, que ça n'avait pas d'importance, qu'avec les enfants on ne sait jamais, et les parents abordaient entre eux à voix basse la question de savoir de qui la petite pouvait bien tenir ça, mais l'abandonnaient vite, car ils savaient depuis longtemps qu'elle ne comportait pas de réponse. Après quoi, Mireille, toujours verte et la bouche tordue, s'endormait dans les bras de sa mère, épuisée, vaguement honteuse, et elle se demandait pourquoi elle vomissait à chaque voyage, ou alors, pourquoi les autres voyageurs ne vomissaient pas.

Quand la famille aperçut le grand-père sur la route, la petite Mireille était encore tout endormie, et d'aussi mauvaise humeur que ses frères. On ne lui demanda pas de courir, elle avait déjà assez de peine à marcher, ses deux mains serrées dans celles de ses parents, traînant la patte. Elle attendait avec impatience le moment où, dans le village, le chemin devenant plus raide, elle commencerait à se faire tirer plus lourdement, puis gémirait sur un ton faussement discret, jusqu'à l'instant précis (c'était toujours à la hauteur de la poste) où son père la prendrait dans ses bras pour achever le trajet.

Monsieur Ladmiral accueillit la famille avec cordialité, serra la main de son fils et de Marie-Thérèse, sa bru. Il se baissa pour embrasser les enfants ; il était content de les voir, en tout cas dans les premiers instants et sur la route, où ils ne pouvaient rien casser, ni déranger. Et la petite Mireille le ravissait.

— C'est inouï, dit Monsieur Ladmiral. Le train était donc en avance ?

Edouard fit un petit rire un peu agacé, et tira sa montre de son gousset.

— Cela m'étonnerait, dit-il. Ne serait-ce pas plutôt tes fameuses huit minutes ?

— Une chose est certaine, dit Monsieur Ladmiral

en tirant lui aussi une lourde montre enfermée dans une petite boîte de celluloïd et de mica, une chose est certaine, c'est que je suis parti à trente-neuf, exactement.

— Et quelle heure as-tu ?

— Cinquante et une, pas tout à fait cinquante-deux.

— Tu retardes. Il est exactement, à la gare de Lyon...

Edouard tendit sa montre au bout de son bras, rejeta le buste en arrière :

— Cinquante-sept et demie, dit-il.

— Tu deviens presbyte, fit remarquer Monsieur Ladmiral, qui était myope. Puis il remit sa montre dans sa poche.

— Enfin, dit-il d'un ton conciliant, n'approfondissons pas. Vous avez fait bon voyage ?

— Non, dit la petite Mireille, au ras du sol.

— Voyez-vous ça ! dit le grand-père en se penchant gentiment vers elle. Et qu'est-ce qui vous est arrivé ?

— Elle a dégueulé, dit Lucien, le gamin de onze ans.

Les deux parents et le grand-père sursautèrent. Edouard fit même le geste de se porter en avant vers son fils ; Lucien, qui avait prévu le coup, était déjà hors de portée.

— Je t'ai déjà défendu de dire ce mot-là, crièrent ensemble Edouard-Gonzague et sa femme.

— Comment il faut dire ? demanda Lucien, merveilleux de candeur.

— Il faut dire : elle a vomi !

— Il faut dire : elle a rendu !

Le père et la mère s'arrêtèrent, penauds, furieux de ce désaccord, qui mettait en péril leur autorité en matière de vocabulaire et de bienséance. Lucien, à bonne distance, sans rire et jubilant, les regardait, toujours resplendissant d'innocence, les yeux ronds, la bouche entrebâillée, montrant ses deux mains ouvertes, d'un air de dire : « Mettez-vous d'accord. Comment voulez-vous que je m'y retrouve ? » Il méritait, il appelait des gifles. Que faire ?...

Par bonheur, à ce même instant, Emile, le frère aîné, avait enfin réussi à se placer et glissait un bâton entre les genoux de Lucien qui tomba sur un tas de pierres où il se fit grand mal. Ainsi le coupable était puni, l'attention était détournée ; double avantage.

— Cela t'apprendra à regarder où tu marches, dit le père.

Lucien, qui se relevait le genou en sang, se sentit si mal en cour à cet instant qu'il renonça à pleurer et à porter plainte contre son frère. C'était une de ces affaires dans lesquelles les parents ne servent de rien. Lucien ramassa un caillou et fit le geste de le

lancer à son frère en criant : « J'aurai ta peau ! »
Mais, naturellement, il n'alla pas jusqu'à lancer le
caillou, son frère était vraiment trop près de lui, il
aurait risqué de l'atteindre. Les enfants eux-mêmes
savent très bien s'en tenir aux menaces quand il y a
danger de représailles immédiates. Lucien se borna,
pour sauver la face, à lancer le caillou de toutes ses
forces dans le champ qui bordait la route. Deux per-
drix s'envolèrent avec un bruit d'applaudissement.
Emile et Lucien se jetèrent dans les blés, en foulant
les épis et en hurlant l'un : « Des cailles ! », l'autre : «
Des faisans ! » On les perdit de vue.

Monsieur Ladmiral et ses enfants continuaient
leur route. Ils traversèrent le village, et le vieux peintre donnait des coups de chapeau aux passants. Le
fils, pour faire plaisir à son père, saluait lui aussi.
Monsieur Ladmiral expliquait :

— C'est le maire ; c'est la veuve du marchand de
bois ; c'est M. Tourneville, tu sais, le fils est jockey...

Et Gonzague, qui ne connaissait ou ne reconnaissait personne, répondait toujours, pour faire plaisir à
son père :

— Oui, parfaitement. Très bien. Ah ! oui... jockey. Je
me rappelle en effet...

Marie-Thérèse, sa femme, que la marche ne fati-
guait pas, mais ennuyait, transpirait sans se plaindre

(elle ne se plaignait jamais, mais transpirait toujours), sous un imperméable qu'elle appelait un caoutchouc et qu'elle portait par tous les temps. Quand ils passèrent devant l'église, elle quitta les deux hommes pour aller « prendre un bout de messe ». C'était une des coutumes de ces visites du dimanche. Le père et le fils continuèrent leur chemin ; Edouard, redevenu Gonzague depuis qu'il était seul avec son père, tirait l'enfant Mireille qui ne pensait pas encore à se faire porter. Elle ne s'ennuyait pas, elle regardait un chien.

— Toujours aussi pieuse ? demanda Monsieur Ladmiral en regardant Marie-Thérèse qui entrait dans l'église.

— Toujours, dit Gonzague, vaguement étonné, parce qu'il ne voyait pas de raison pour que les sentiments religieux de sa femme eussent changé depuis la dernière visite. Mais enfin, il fallait bien accepter que ce brave vieux père parlât souvent pour ne rien dire.

Les deux hommes continuèrent à marcher. Edouard retenait son pas, pour ne pas fatiguer son père. Il savait que celui-ci n'allait plus bien vite et n'aimait pas qu'on s'en aperçût. Il fallait même, de temps en temps, avoir l'air de le suivre avec peine. Edouard Ladmiral, qui aimait son père, s'ingéniait toujours à inventer de petites flatteries de ce genre : il y apportait beaucoup de recherche et de tact ; ce

n'étaient pas même des flatteries, mais des gentilles-
ses. Edouard, au prix parfois d'un léger effort sur
soi-même, était très habile à ce petit jeu ; et, quand il
avait réussi, quelle récompense dans la satisfaction
qu'il éprouvait !

Edouard était un homme barbu de quarante ans,
assez grand et large, tout noir. Noir de vêtement, de
barbe, de poil. Il était velu sur les mains et on aurait
dit sur tout le visage tant il avait la peau sombre et
grasse, les sourcils épais, la barbe drue. Du fil de fer.
Il ressemblait à son père, peut-être d'abord à cause
de cette barbe, qu'il avait toujours portée, même
tout jeune, et pour le seul plaisir de ressembler à son
père. A dix-huit ans, il respectait celui-ci et l'aimait
par-dessus tout ; tout ce qu'il pouvait imiter de son
père, il l'imitait. Il copiait sa démarche, ses expres-
sions, jusqu'à ses manies. Ses opinions, ses goûts, ses
habitudes, plus encore. Monsieur Ladmiral avait
d'abord été flatté et heureux. Puis obscurément
gêné ; il avait pensé à sa propre vie, qu'avaient bri-
dée l'admiration , le respect, l'imitation peut-être. Et
il s'était dit : « Un garçon de cet âge qui admire tant
son père, ce n'est pas bien. » Il avait fait son possible
pour contredire son fils, le décevoir, le dérouter.
Rien à faire. Il retrouvait toujours Gonzague sur ses
talons, comme un petit chien qu'on a trop bien dres-
sé, et qu'on n'arrive plus à perdre. Depuis ce temps,

Gonzague suivait toujours, et Monsieur Ladmiral avait pris son parti de cette fidélité touchante et encombrante. Mais il s'était mis à préférer sa fille qui, elle, le contredisait toujours. Gonzague avait remarqué ce renversement des alliances, et, du coup, n'avait plus juré que par sa sœur. Ce qui n'avait pas éclairci les rapports.

L'admiration du fils pour son père allait si loin, que Gonzague *primo* s'était mis à peindre, et, *secundo*, avait très vite renoncé, malgré des débuts assez prometteurs. C'est que, pour lui, la peinture de son père était ce qu'il y avait de plus beau, et il avait vu une espèce de sacrilège à essayer de le suivre sur ce terrain-là, puisqu'il ne l'égalerait jamais. Mieux valait renoncer tout de suite. Gonzague renonça, et cette fois son père, obscurément, lui en sut gré ; devant les premiers essais de son fils, il avait toujours senti une vague inquiétude, il devinait qu'il ne pourrait se réjouir ni de la réussite, ni de l'échec de Gonzague et il redoutait pour l'avenir, quel que fût le résultat de la tentative, la honte de traîner à sa remorque un imitateur, ou la gêne un peu envieuse de s'être donné un rival. Tout rentra dans l'ordre quand Edouard eut monté au grenier son chevalet et ses tubes de couleurs, qu'il recouvrit d'un grand voile noir, car il ne manquait pas d'un certain goût de l'emphase. Après quoi, Edouard entra dans les bureaux d'une

35

compagnie coloniale ; Monsieur Ladmiral connaissait le directeur : il avait fait son portrait, orné d'une rosette rouge énorme, comme on les portait dans le temps où elles étaient peu nombreuses ; (le nombre des rosettes s'est multiplié ; mais leur superficie totale est restée à peu près la même).

Quand Gonzague était entré dans les affaires, Monsieur Ladmiral avait souffert de voir son fils embrasser une carrière mercantile. Quelque chose avait été rompu, ce jour-là, entre Gonzague et lui. « Aller au bureau », c'était, pour Monsieur Ladmiral, le signe même de l'esclavage et de la médiocrité. Quelque chose d'aussi laid que, pour une femme, « sortir en cheveux » ou, pour des enfants, « jouer dans la rue ». Il espérait au moins qu'en entrant dans une entreprise coloniale son fils voyagerait à travers le monde ; Gonzague l'espérait aussi, ou du moins croyait l'espérer ; en réalité, quand on lui proposa, trois ans plus tard, de partir pour Dakar, il s'aperçut qu'il avait peur, et refusa. Il donna pour prétexte qu'il ne voulait pas s'éloigner de son père, qui vieillissait. Monsieur Ladmiral fut très fâché, n'osa pas le dire ouvertement, mais Gonzague comprit très bien, et trouva que son sacrifice était mal récompensé. Un peu plus tard, on lui proposa encore un poste en Afrique ; cette fois, Gonzague venait de se marier et commençait à s'appeler Edouard ; il refusa, en invoquant ses nouveaux devoirs.

Monsieur Ladmiral, cette fois, fut heureux de pouvoir s'en prendre à sa belle-fille qui, en effet, n'aurait accepté pour rien au monde de passer les mers et d'aller vivre chez les nègres.

Monsieur Ladmiral n'avait jamais beaucoup aimé Marie-Thérèse, et d'abord parce qu'elle était une employée subalterne quand son fils l'avait connue ; épouser une femme qui travaille c'était, pour Monsieur Ladmiral, aussi fâcheux et, pour tout dire, aussi vulgaire que d'aller au bureau. La transformation de Gonzague en Edouard lui avait été pénible. Et il avait éprouvé un autre regret du même ordre quand on avait nommé ses petits-fils Emile et Lucien, noms misérables ; puis, quand on avait choisi le nom de Mireille pour la fille, il avait haussé les épaules en disant qu'on tombait de la vulgarité banale dans la vulgarité prétentieuse. Marie-Thérèse avait été sensible à ces reproches, et maintenant encore elle remarquait très bien que son beau-père faisait exprès de ne pas prononcer les noms des enfants ; il leur parlait sans les nommer, ou alors disait : Emile ou Lucien sur un ton ironiquement emphatique, pour se moquer. Quelquefois même : « Mimile » et « Lulu », pour bien marquer le coup. Pour la petite Mireille, qu'il aimait beaucoup, il faisait moins le difficile, maintenant, et disait son nom sans même y penser.

Ladite Mireille, fidèle aux traditions, commença à

geindre quand on passa devant le bureau de poste. Son père, non moins respectueux des rites, la prit dans ses bras avant même qu'elle eût rien demandé. Monsieur Ladmiral voulut se charger de l'enfant.

— Donne-la-moi, dit-il.

Il arracha Mireille aux bras de Gonzague et lui enfonça un doigt dans l'œil, sans le faire exprès. L'enfant hurla, mais le grand-père l'avait déjà enlevée, fait voltiger par-dessus sa tête, et collée à califourchon sur ses épaules. L'enfant, stupéfaite, gargouillante et terrifiée, l'œil crevé, le cœur chaviré, eut une telle peur qu'elle cessa de crier. Elle se retrouva haut perchée, son petit ventre chaud contre la nuque du grand-père, dans une position qu'elle aimait, où elle se sentait en sécurité, et de là-haut le paysage devenait beaucoup plus amusant ; le pas de sa monture la cahotait doucement, elle n'avait plus à marcher, ses poignets minces et fragiles étaient tenus solidement, doucement, dans deux grosses mains. Elle était heureuse. Elle se laissait aller. Le chapeau du grand-père avait glissé en arrière. Mireille apercevait les cheveux blancs ébouriffés et le crâne brillant, couleur d'ivoire, qu'elle aimait et respectait, comme un beau jouet auquel elle n'avait pas le droit de toucher.

— Tu vas te fatiguer, dit Edouard à son père, avec un geste pour reprendre l'enfant.

— Non ! Non ! Laisse..., dit Monsieur Ladmiral.

Et en même temps il ralentit le pas, parce que l'enfant était lourde à ses vieilles épaules. Edouard, par délicatesse, ralentit le pas, lui aussi, mais un peu trop, et se trouva légèrement distancé. Son père tourna la tête vers lui.

— Fatigué ? demanda-t-il d'une voix guillerette, un peu ironique.

Gonzague fut vexé. Décidément le vieux père ne comprendrait jamais les petites attentions que l'on avait pour lui ; on ne pouvait pourtant pas les lui faire remarquer... Un peu amer, Gonzague pensa une fois de plus que la vertu est justement d'accomplir tous ces petits gestes en secret et sans récompense.

— Fatigué ? dit-il. Non. Je me sens fort bien. Mais toi ?

— Moi ? A merveille, dit Monsieur Ladmiral. Ça fait un bout de temps que vous n'êtes pas venus.

— Quinze jours, dit Gonzague, précis.

— C'est bien ce que je dis. Oh ! je sais bien que ce n'est pas facile.

— Dimanche dernier... dit Gonzague.

— Je sais... je sais... Ne t'excuse pas. Moi non plus je ne vais pas souvent vous voir.

Monsieur Ladmiral n'avait pas mis les pieds à Paris depuis six mois.

— C'est vrai, dit Gonzague, que tu te fais rare.

— Ces trains, dit le père, c'est toute une histoire. Comme je n'ai pas de raison de voyager un jour plutôt qu'un autre, tu sais ce que c'est, je ne me décide jamais. Mais pour vous qui ne pouvez venir que le dimanche, c'est plus facile. Et puis, vous avez l'habitude, et vous êtes nombreux ; quand on est en troupe et qu'on fait les choses régulièrement, ça n'est plus qu'une question d'organisation ; ce qui se fait en grand est toujours plus simple.

— Bien sûr, dit Gonzague.

Et il se retourna pour chercher des yeux ses garçons. Il ne les vit pas.

— Ils auront pris le raidillon, dit Monsieur Ladmiral.

En effet, Emile et Lucien avaient pris le raidillon ; quand Monsieur Ladmiral et son fils arrivèrent à la maison, ils trouvèrent les deux gamins installés au salon dans des fauteuils profonds. Emile regardait un journal illustré, Lucien ne faisait rien.

— Voulez-vous bien filer au jardin ! cria Gonzague.

— On est fatigués, dit Emile ; on a pris le raidillon.

— Je ne peux pas marcher, dit Lucien, en tendant la jambe pour faire admirer la blessure qu'il s'était faite sur le tas de pierres.

— Tu te moques de nous, dit Gonzague ; passe un peu d'eau là-dessus, et ne fais pas l'intéressant ; demande à Mercédès.

Mais il se tourna vers son père, comme pris de remords, avec des idées de plaies qui s'enveniment, de suppuration, de tétanos.

— Tu as un peu de teinture d'iode ?

On passa dans la chambre de Monsieur Ladmiral, pour la cérémonie du pansement, qui fut compliquée. Gonzague n'aimait pas les enfants douillets et, sans doute pour apprendre aux siens le courage, les faisait souffrir le plus possible, avec amour, quand il les soignait. L'écorchure était bien ouverte ; Gonzague la nettoyait énergiquement avec un coton imbibé de teinture d'iode. Lucien criait comme un perdu. Gonzague le traitait de poule mouillée et frottait toujours. Puis, il entoura le genou d'une bande de toile qui, cette fois, rendait la marche à peu près impossible.

— Maintenant, dit-il, va jouer au jardin.

— Et Emile ? demanda l'enfant, qui voulait bien être puni, mais pas tout seul.

— Emile fera ce qu'on lui dira, dit le père. En attendant, fais ce qu'on te dit.

Lucien gagna le jardin, la jambe raide, et accentuant sa boiterie avec tant de zèle que Monsieur Ladmiral et son fils se regardèrent en riant de bon cœur.

Une vraie complicité les unissait à ce moment-là ; ils se sentaient bons amis, comme deux camarades du même âge.

— Vous êtes contents des enfants ? demanda Monsieur Ladmiral.

— A peu près satisfaits, dit Gonzague. L'aîné travaille bien (Gonzague, pour ne pas déplaire à son père, évitait de dire : Emile ou : Lucien). Pour le cadet, il modère son effort, mais il réussit quand même.

— Je vois ça, dit le père. C'est comme toi, dans les petites classes...

Gonzague tint à préciser que, même dans les petites classes, il s'appliquait de son mieux.

— Oui, dit le père, tu travaillais mais tu ne réussissais pas.

— Alors, dit Gonzague, c'est juste le contraire : le petit, lui, ne fait rien, mais il ne réussit pas mal.

— Ah ! bon... je croyais que tu me disais...

— Non. Je te disais justement au contraire...

— Oui, oui, oui, oui...

Le malentendu ne tarda pas à être éclairci.

— C'est agaçant, pensait Gonzague. Ce pauvre père comprend tout de travers, de plus en plus. Si encore il était sourd ! Mais non. C'est seulement qu'il ne fait pas attention à ce qu'on lui dit... Mais je ne peux pas lui parler de ça, je lui ferais de la peine...

Gonzague s'attendrit sur son vieux père, et comme Émile traînait encore dans le salon, au creux de son fauteuil, il l'envoya rejoindre son frère au jardin. Quant à Mireille on l'avait perdue de vue. Dès son arrivée elle était allée trouver Mercédès dans la cuisine, et jouait avec divers ustensiles. Mercédès allait et venait sans s'occuper de l'enfant, lui tendait, de-ci, de-là, quelque chose à manger et quand elle la rencontrait sur son passage, l'écartait simplement d'un coup de genou, comme un tabouret.

Marie-Thérèse n'était pas restée longtemps à l'église ; mais elle en avait assez entendu pour sa semaine. Elle trouva les deux hommes dans l'atelier, assis sur des fauteuils transatlantiques et qui fumaient chacun sa pipe, en échangeant des phrases sans intérêt, qui, en effet, ne les intéressaient pas.

Marie-Thérèse avait à peu près toutes les vertus, mais bien cachées. Ç'avait été un des grands étonnements de Monsieur Ladmiral de voir son fils épouser cette femme, et il ne s'en était jamais bien remis. Après s'être longuement interrogé, il avait simplement conclu que Gonzague et Marie-Thérèse s'étaient mariés parce que tout le monde se marie, comme tout le monde naît et meurt ; si cette explication ne rendait pas l'événement plus compréhensible, au moins elle interrompait les recherches, et Monsieur Ladmiral s'en tenait là. Il n'avait jamais beaucoup cru à l'existence de sa belle-fille, et du reste se passait très bien d'y croire. Marie-Thérèse, de son côté, ne s'était jamais posé de questions. Elle aimait bien son beau-père, pour la raison qu'on aime bien les membres de sa famille, et ceux aussi de la belle-famille, tant que les questions d'amour-propre ne sont pas en jeu, et elle était heureuse avec ça. Car elle était heureuse, certainement. Un peu lentement, mais avec application et placidité. Les journées avaient toujours vingt-quatre heures, la maison marchait bien. Et surtout, Marie-Thérèse, depuis son mariage, savourait jour après jour le plaisir de ne plus travailler. Son mari et ses enfants lui donnaient bien plus de peine qu'elle n'en avait jamais eu pendant ses années de bureau, mais elle ne le savait pas. Elle n'avait plus à gagner sa vie ; un mâle la gagnait pour elle ; son but était atteint ; elle avait distancé, abandonné dans leur misère, peut-être plus confortable, les petites amies qui ne s'étaient pas mariées. Elle s'était établie, étalée, dans cette merveilleuse paresse conjugale et ménagère des femmes laborieuses. Un maître vaut mieux qu'un patron ; Marie-Thérèse se croyait libre, et peut-être bien qu'elle l'était. Le traitement du mari arrivait toujours à la fin du mois, et il suffisait pour vivre puisqu'on réglait la vie d'après lui. D'ailleurs, chaque fois qu'on avait pu craindre qu'il devînt insuffisant, Edouard avait été un peu augmenté ; pas beaucoup, mais juste assez. Marie-Thérèse était un des rares êtres qu'on ait connus qui n'aient jamais souffert des ennuis d'argent. Ce trait mérite d'être souligné, et suffirait à prouver que Marie-Thérèse n'était pas une femme ordinaire, en dépit des apparences. Mais vraiment les apparences étaient fortes. C'est ce que se disait une fois de plus Monsieur Ladmiral, en se levant courtoisement quand sa bru entra dans l'atelier. Marie-Thérèse était moyenne, par la taille, par la corpulence, par le visage. Des traits un peu épais, paisibles, ni belle ni laide, comme on dit des femmes qui ne sont pas belles. Faute de temps, d'habitude et surtout de goût, Marie-Thérèse se maquillait peu ; et comme toutes les femmes qui se maquillent peu, elle se maquillait mal. Le rouge et la poudre l'enlaidissaient, aussi méprisait-elle les femmes peintes et, d'une façon générale, les femmes élégantes. C'est dire qu'elle ne s'entendait guère avec Irène, la fille de Monsieur Ladmiral, qui à la fois la scandalisait et lui faisait peur ; mais comme les deux femmes ne se voyaient presque jamais, Marie-Thérèse était persuadée qu'elle aimait bien sa belle-sœur, comme il se doit.

Elle s'assit sur un divan du genre oriental, principal ornement de l'atelier. Monsieur Ladmiral poussa un cri.

— Pas sur le divan ! Ça pose !

— Pardon ?

Monsieur Ladmiral expliqua qu'il était en train, pour la vingtième fois, de peindre une vue de son atelier ; il avait disposé les coussins du divan dans un savant désordre, un grand châle de soie jaune pendait jusqu'au sol, dans un mouvement négligent et étudié. Marie-Thérèse comprit vite.

— Ça va être ravissant, dit-elle, car elle avait appris le mot « ravissant » au contact de la famille Ladmiral, et ne l'employait jamais devant un autre public. Elle aurait eu honte.

Elle se releva pour aller regarder la toile commencée, posée sur un chevalet. Formée aux beaux-arts par son mari, elle adorait la peinture de Monsieur Ladmiral. Il est vrai qu'elle n'en connaissait pas d'autre.

— Vous ne savez pas ? dit-elle ; vous devriez dessiner un chat sur les coussins, comme vous aviez fait sur votre grand tableau de l'hiver dernier, vous vous rappelez ?

Une motte de terre vint alors frapper le vitrage de l'atelier. Édouard y courut. Dans le jardin, il vit Émile et Lucien assis sur la pelouse, très calmes, dans la position de l'enfant qui ne vient pas de lancer une motte de terre contre les vitres, et affreusement tristes. Édouard, à travers la vitre, leur adressa de violents reproches ; les enfants n'entendaient pas les paroles, mais le spectacle de leur père qui remuait la bouche et les bras en silence, les fit éclater de joie.

— Et ils rient ! cria Édouard hors de lui.

— Tu sais bien, dit Marie-Thérèse, que ces enfants ne savent pas s'amuser dehors. Forcément, dit-elle en se tournant vers son beau-père, ils n'ont pas l'habitude. D'un sens, pour des enfants de Paris, ça vaut mieux, puisqu'ils n'ont pas de jardin ; comme ça, ils n'ont pas de regret. Regardez Lucien, par exemple : si ça se trouve que je le mène au Luxembourg, ou n'importe, il faut qu'il aille sous le kiosque à musique ; il n'aime pas le plein air, cet enfant, il est comme son frère. Notez que c'est dommage, mais ça n'est pas à leur âge qu'ils peuvent se changer.

Monsieur Ladmiral, qui avait toujours peur qu'on fît des dégâts dans son atelier, examinait le vitrage avec soin, le sourcil froncé, et s'assurait qu'aucune parcelle de terre n'était entrée. Il n'était pas très content, mais il ne voulait pas le laisser paraître ; c'est ennuyeux d'avoir tout le temps l'air de se plaindre, et de gronder ses petits-enfants ; un grand-père, ça excuse tout, chacun sait ça. Mais ces gamins sont insupportables.

— Encore heureux qu'ils n'aient pas lancé un caillou, dit Marie-Thérèse, optimiste. Mais pour ça, non ; je les connais, ils ne sont pas brutaux.

— Il n'empêche, dit Édouard, que le petit a bel et bien fêlé la cloche à fromage, l'autre jour, au moyen d'une clef anglaise.

— Oui, dit la mère ; mais la cloche à fromage, ça n'était pas de sa faute. Figurez-vous, expliquat-elle à Monsieur Ladmiral, que j'ai changé de femme de ménage, parce que l'ancienne a quitté le quartier. Toute une histoire avec son propriétaire ; il faut vous dire que ça n'était pas une fille sérieuse. Alors, la nouvelle ne connaît pas encore la place des choses ; c'est ce qui vous explique, pour la cloche à fromage ; et si je ne suis pas constamment sur son dos...

— Si la porte du petit placard jaune avait été tenue fermée, dit Édouard, sur le ton du raisonnement irréfutable, et si Lucien n'avait pas fouillé dans ma boîte à outils...

— Ah ! ça, fouillé dans ta boîte, d'accord, c'est autre chose, dit Marie-Thérèse. Ce que j'en disais, moi, c'est sur ce que tu disais, qu'il est brutal...

— En tout cas, dit Monsieur Ladmiral, que cette

histoire ennuyait, ne vous inquiétez pas pour cette motte de terre...

Édouard avait déjà oublié l'incident. Il dut faire un rapide rétablissement pour lier ces deux histoires de motte de terre et de cloche à fromage. Il s'aperçut alors que, pour continuer la discussion avec sa femme, il était obligé de contredire son père. Il connut alors un moment de désarroi ; décidément, la vie de famille est bien compliquée. Édouard saisit sa barbe avec angoisse, comme pour en traire une inspiration ; le temps d'un éclair, il s'imagina sans femme, sans enfants, sans père, libre enfin. Et aussitôt il fut saisi d'une grande peur et se cramponna plus fort à sa barbe, comme à une branche. Il regarda la barbe de son père, et tout son père, avec amitié, ce bon visage qu'il avait toujours connu, ce veston de velours noir, cette Légion d'honneur rassurante. Tout rentra dans l'ordre. Édouard, redevenu Gonzague, s'épongea le front.

— Tu as bien raison, dit-il à son père.

Monsieur Ladmiral ne comprenait plus très bien en quoi il avait raison. Sur le moment, il fut flatté. Mais il pensa aussitôt que son fils lui donnait raison pour lui faire plaisir et pour avoir la paix. Comme tous les vieillards, Monsieur Ladmiral détestait qu'on le traitât en vieillard.

— Tu as raison, disait Édouard.

49

— Naturellement, dit Monsieur Ladmiral sur un ton très ironique.

— Mais oui, « naturellement », dit Edouard, qui essayait de plaisanter. Et il pensait : il est terrible ; on ne sait vraiment pas comment lui faire plaisir.

Là-dessus, une espèce de conversation se construisit lentement entre Monsieur Ladmiral, son fils et sa bru. Le vieux père était distrait. Il regardait ce coin d'atelier qu'il avait commencé à peindre depuis trois jours et cherchait des secrets dans le rouge d'un coussin, dans le pli d'une tenture, avec une envie si féroce de les découvrir qu'il se sentait toujours jeune, avec une certitude si totale et si amère de ne rien trouver qu'il se sentait très vieux ; plus que vieux, mort ; plus que mort : fini.

Il avait des démangeaisons dans les doigts, il aurait voulu prendre sa palette, envoyer au diable ces visiteurs qui lui faisaient perdre son temps. Et aussitôt il pensait : Non ! Qu'on ne me laisse pas seul, puisque je ne trouverai rien. Que puis-je faire de mieux de mon temps que le perdre ?

Au bout d'un moment, on alla au jardin. Les deux garçons étaient couchés à plat ventre sur la pelouse et prétendaient mettre le feu à un scarabée en captant les rayons du soleil à travers un morceau de vitre. Lucien s'était légèrement coupé le pouce, mais cacha soigneusement sa blessure, par peur de la teinture d'iode. On expliqua aux enfants que leur cruauté était sans nom, et que du reste ils n'aboutiraient à rien parce qu'il fallait une loupe.

— Je sais bien, dit Emile, mais on n'a pas de loupe.

— Grand-papa n'a qu'à nous prêter la sienne, dit Lucien. Je sais où elle est.

Monsieur Ladmiral tenait à sa loupe comme à la prunelle de ses yeux et, plus généralement, comme à tous les objets qu'il possédait. Il fit la sourde oreille.

— Grand-papa, insista Lucien, tu nous prêtes ta loupe ? Je sais où elle est.

— Ne demande donc pas toujours, dit Edouard. Et il entraînait déjà son père. Le pauvre vieux, pensait-il, va se croire obligé de leur prêter sa loupe, et je sais que ça l'ennuiera.

— Mais si, mais si, dit Monsieur Ladmiral. Tu peux la prendre, dit-il à Lucien. Seulement, faites-y bien attention. Et surtout, mettez le feu à des brindilles, si vous voulez, à des bouts de papier, mais pas à des bêtes. Ils vont me casser ma loupe, pensait-il, mais je ne peux pas tout leur refuser. Dieu, que ces enfants sont mal élevés !

Et il expliqua à Marie-Thérèse :

51

— Gonzague a toujours peur qu'ils cassent tout.

— Ce que j'en disais, dit Edouard, c'était pour toi.

— Je le sais bien ! dit Monsieur Ladmiral en donnant une bourrade à Gonzague. Tu es le meilleur des fils.

— Et toi le meilleur des pères ! dit Gonzague en rendant la bourrade.

Marie-Thérèse pensait que c'est bien touchant de voir un père et un fils qui s'entendent si bien. Et, très heureuse, elle prit le bras de Monsieur Ladmiral pour faire le tour du jardin.

Le jardin était grand, plein de fleurs ravissantes, avec des arbres assez hauts, qui remuaient légèrement dans une gloire de soleil. Les murs qui le bordaient étaient bas, et derrière eux commençait la campagne, bientôt bornée, d'un côté, par la forêt. Monsieur Ladmiral aimait son jardin et en était fier ; il l'avait peint cent fois ; il le regardait comme un trésor. Pas un légume n'y poussait, rien que des fleurs et des arbres. Le moins possible d'arbres fruitiers ; de vrais arbres.

Edouard avait pris l'autre bras de son père. Ils marchaient tous trois entre les fleurs, à petits pas. Edouard sentit une bouffée de chaleur lui monter au visage, et comprit qu'il était ému. Il regarda son père à côté de lui, un peu plus petit, et voûté ; il voyait, d'en haut, ce crâne entouré de cheveux blancs en couronne ; il sentait contre son bras le bras encore ferme de son père et la chaleur humide, désagréable, de l'aisselle. Il était vaguement inquiet, sans savoir pourquoi, et tout à coup il sentit sa poitrine serrée comme si une catastrophe allait arriver. Instinctivement il serra le bras chaud de cet homme vieux comme pour le soutenir, et ralentit son pas. Il venait de penser que son père mourrait ; non pas : un jour, comme tout le monde, mais : bientôt. Il regarda son père et, parce qu'ils étaient deux à lui donner le bras, pensa qu'il marchait mal.

— Tu n'es pas fatigué ? demanda-t-il d'une voix beaucoup trop inquiète.

— Fatigué ? Moi ? et de quoi, fatigué ?

Edouard lâcha le bras de son père. Il eut envie de répondre par une phrase piquante, se retint et fit une espèce de soupir.

— Tu souffles ? demanda Monsieur Ladmiral. Puis il escalada les marches de gazon qui montaient jusqu'à un petit belvédère. Il y avait là un banc de pierre sur lequel ils s'assirent tous les trois. Edouard serra les dents, car il savait ce que son père allait dire. Et en effet :

— C'est ici, dit gaiement Monsieur Ladmiral en s'asseyant, c'est ici que les Asséiens s'asseyirent.

Edouard fit un petit rire, comme chaque fois.

Monsieur Ladmiral, comme chaque fois, frappa la cuisse de son fils.

— Les plaisanteries les plus vieilles sont les plus anciennes, dit-il, comme chaque fois.

Puis il montra le paysage, au milieu duquel on voyait une route en construction. Pour supprimer un détour, on avait ouvert une tranchée dans la colline ; la nouvelle route irait tout droit. Comme c'était dimanche, le chantier était désert.

— Tu vois ce qu'ils ont fait depuis quinze jours ? dit Monsieur Ladmiral. (Je dis quinze jours puisque vous n'êtes pas venus la semaine dernière... Je ne vous en veux pas...) Ça n'est pas ridicule ? Plus d'un an qu'ils travaillent là-dessus (quand je dis qu'ils travaillent !...) Et tout ça pour gagner quoi ? Quatre cents mètres, peut-être... Mais il paraît que nous sommes au siècle de la vitesse, et gouvernés par des gens à automobile... Enfin !...

Monsieur Ladmiral se servait de l'automobile, et avec plaisir, chaque fois qu'il le pouvait, mais lui gardait une profonde rancune. Edouard sentit poindre la vieille discussion sur l'automobile, le progrès, le bon vieux temps, la politique et la question sociale, la vieille discussion qu'il fuyait depuis des années, que son père essayait sans cesse d'aborder. Il poussa un soupir.

— Eh ! Oui... Comme tu dis.

54

Monsieur Ladmiral sentit que son fils, une fois de plus, se dérobait. Il eut un mouvement d'humeur.

— Enfin... Je suis d'une autre époque... Mais tu devrais trouver tout ça très bien, toi qui es jeune...

— Eh ! oui, dit Edouard... je devrais... Mais non. Je suis comme toi, je trouve ça ridicule de dépenser des millions pour gagner quatre cents mètres de route.

— Toi aussi, oui ?...

Monsieur Ladmiral semblait déçu. Cette approbation perpétuelle le gênait toujours. Ses propres opinions, quand son fils les appuyait, lui paraissaient beaucoup moins valables ; comme il les jugeait arriérées chez un homme de quarante ans, il s'accusait lui-même d'être en retard et en voulait un peu à Gonzague.

— Ta sœur ne pense pas comme toi, dit-il au bout d'un instant, pour faire rebondir la discussion.

— Voilà qui ne m'étonne pas, dit Edouard avec un petit rire aigrelet.

— Pourquoi ? Irène a pourtant beaucoup de jugement.

Edouard ne put retenir un sursaut. Il tenait sa sœur pour une écervelée qui raisonnait comme un tambour. Mais à quoi bon entamer une discussion avec son père, et sur un sujet si délicat ? Edouard ne demandait qu'une chose : faire plaisir à son père. Il

savait bien que Monsieur Ladmiral souffrait du désaccord entre ses deux enfants ; à quoi bon lui en
offrir le spectacle, ou le commentaire ? Plus que
jamais, après cette angoisse de tout à l'heure, cette
illumination où il avait compris que bientôt son père
serait mort, Edouard était décidé à être prudent, à
éviter toute querelle, à épargner à Monsieur Ladmiral toute peine et toute émotion. Ce vieil homme, ce
vieux peintre qui achevait une existence paisible et
sage, avait bien mérité qu'on fît tout pour rendre
facile la fin de sa vie, telle qu'il la voulait et la voyait.
Fût-ce au prix de quelques petites concessions. En ce
moment, Edouard adorait son père. Pourtant, il y a
des limites à tout ; et Monsieur Ladmiral venait de
dire qu'Irène avait beaucoup de jugement, ce qui
vraiment... Enfin !...

— Mais oui, bien sûr, dit Edouard. Irène a l'air,
comme ça, quelquefois, un peu... (Il n'avait pu se
retenir, mais se reprit aussitôt.) Mais du jugement,
ça, oui, elle en a...

Il se sentait des douleurs dans la bouche, d'avoir
prononcé ces mots. Il pétrissait sa barbe, la tiraillait,
pour penser à autre chose. Irène, du jugement !...
Non, ça, alors... Il fallait tout de même faire quelque
chose, au moins dire quelque chose... On ne pouvait
pas rester là-dessus... Edouard fit un terrible effort
sur lui-même pour se retenir de parler ; il sentit pres-

que une envie de pleurer, un étouffement, comme les enfants qui découvrent l'injustice ; il était étonné lui-même d'un mouvement si violent. Pourquoi cette bouffée de colère, cette émotion à perdre le souffle ? Peut-être un reste de cette peur qu'il avait eue, tout à l'heure, à l'idée que son père mourrait, que son père allait mourir ? Sa main tourmentait sa barbe, si fort que les poils durs crissaient.

Marie-Thérèse, assise de l'autre côté de Monsieur Ladmiral, entendit ce bruit de barbe qu'elle connaissait bien. Elle n'avait rien dit, quand on avait parlé d'Irène ; elle ne se mêlait jamais à cette conversation-là ; elle avait son opinion sur sa belle-sœur. Inutile d'envenimer les choses. Mais ce bruit de barbe l'inquiétait. Elle regarda son mari ; Edouard la regarda aussi, et tout fut résolu. Il y avait entre eux un accord physique parfait, et qu'un regard suffisait à établir quand il était bien donné et bien reçu. C'était la force de Marie-Thérèse, que Monsieur Ladmiral n'avait jamais pu comprendre, ni personne, que son mari. Edouard fut aussitôt calmé, rétabli et absous. Il pensa : non, je ne suis pas une brute ; j'adore ma femme ; de quoi aurais-je peur ? Et derrière tout cela, cette idée très forte et très rassurante que son père ne mourrait pas. Edouard était sauvé ; il lâcha sa barbe.

— D'ailleurs, dit Monsieur Ladmiral (car tout cela

s'était passé très rapidement), d'ailleurs, c'est comme ta barbe. Tu portes la barbe comme ton vieux bonhomme de père ; rien d'étonnant si tu as des idées aussi arriérées que les siennes.

— Edouard, c'est tout votre portrait, dit Marie-Thérèse, qui croyait bien faire.

Il y eut un bref silence, que Marie-Thérèse ne comprit pas très bien. Monsieur Ladmiral, qui pensait à sa fille, sentit ce silence et souffrit. Très vite, il enchaîna :

— À propos de portrait, je lisais il n'y a pas longtemps, je ne sais pas dans quoi, quelque chose de très curieux sur les portraits d'Eugène Carrière. Sur ses premiers portraits...

Il parlait encore quand la petite Mireille vint les rejoindre. Elle courait dans le soleil, ses cheveux noirs battant sa figure qui riait tout entière, courant des bras autant que des jambes, et criant que le déjeuner était servi. Ils ne surent pas bien, tous les trois, si c'était l'annonce du repas ou la présence de l'enfant qui les soulageait tellement. Mais ce fut à qui, pour regagner la maison, prendrait Mireille par la main.

Quand ils entrèrent dans la salle à manger, les deux garçons étaient déjà assis à table et achevaient de vider un verre d'eau. Ils avaient voulu rincer leurs verres, pour qu'on n'y vît pas la trace du petit coup de vin rouge qu'ils venaient de boire en cachette.

Le déjeuner se passa bien. C'était toujours la partie la plus facile et la plus agréable de la visite, parce que le repas fournissait des sujets de conversation, et permettait aussi de s'en passer. Monsieur Ladmiral aimait la table, sans excès et avec goût, et Mercédès savait faire la cuisine. La salle à manger était agréable : une grande pièce carrelée et fraîche, qui ouvrait sur le jardin par trois fenêtres qu'on laissa ouvertes. Des guêpes entraient.

— Si tu veux tomber la veste..., dit Monsieur Ladmiral à son fils.

Edouard aurait bien voulu, et porta même la main à son col empesé pour le déboutonner ; mais il n'osa pas. Il savait que son père détestait le débraillé et n'avait fait sa proposition que par politesse, en espérant bien qu'elle ne serait pas acceptée. Dans les premiers temps, Marie-Thérèse s'y était trompée ; elle insistait :

— Mais retire donc ta veste, puisque ton père te le permet ! Regarde comme tu sues !...

— Mais non, je suis très bien, disait Edouard. Il ne fait pas si chaud !

— Qu'est-ce qu'il te faut ! disait Marie-Thérèse en frottant le tour de son cou avec sa serviette. À la maison, il se met à l'aise dès qu'il fait tiède ; raison de plus à la campagne, non ?

— Bien entendu, disait Monsieur Ladmiral.

Il en voulait à son fils de faire tant de façons, et lui en voulait à l'idée que, peut-être, il allait, en effet, poser sa veste comme un charretier. Et comme Gonzague, finalement, pour ne pas déplaire à son père, restait vêtu, il lui en voulait de ne pas avoir le courage de ses opinions.

On mangea un énorme poulet ; les enfants dévoraient en silence ; Mireille elle-même, parfaitement rétablie maintenant, se bourrait avec conscience, insoucieuse des drames qu'elle préparait pour le voyage de retour.

— Attention à la petite, à cause du train, dit Gonzague.

— De toute façon, elle sera malade, dit Marie-Thérèse ; tant qu'à faire, autant qu'elle mange bien.

— Qu'est-ce que je peux bouffer ! soupira Lucien en reposant son verre qu'il venait d'engloutir pour faire un peu de place.

— À la bonne heure ! dit Marie-Thérèse, la bouche pleine ; continue, mon rat.

Monsieur Ladmiral souffrait un peu, mais il était sage. C'est ma faute, pensait-il ; je suis trop délicat ; ces enfants ne sont pas plus mal élevés que d'autres ;

c'est moi qui suis un grand-père difficile. Je suis très content qu'ils soient venus et qu'ils mangent bien, je les aime beaucoup... Et, pour racheter ses mauvaises pensées, il remplit de vin jusqu'au bord le verre d'Emile. Celui-ci le vida d'un trait, c'était plus sûr, juste dans le temps que son père protestait :

— Tu ne prétends pas lui faire boire tout ça ?

Emile, triomphant, brandit son verre vide, pour montrer qu'il n'avait pas été inégal à l'entreprise.

— Ah ! là, là ! dit-il. Ça n'est rien, ça ! Une fois, j'ai été saoul, tu te rappelles, Maman ?

— Je te conseille de t'en vanter, dit la mère. Mais aussi, dit-elle à Monsieur Ladmiral, en manière d'excuse, il faut voir ce que son père lui a raconté !

— Tu as été ivre ? dit le grand-père avec un sourire, et en affectant le plus vif intérêt. Raconte-moi ça.

— Le jour où j'ai aidé le concierge à mettre le vin en bouteilles, dit Emile. Dans la cave, on n'y voyait rien ; j'avais apporté un quart ; à chaque fois, je m'en filais un coup. À la fin j'en tenais une drôle !

— Il y a vraiment là de quoi être fier, dit Gonzague.

— Je ne dis pas que je suis fier, dit Emile. C'est grand-papa qui me demande.

— Et tu as trouvé ça agréable ? demanda le grand-père.

— Je veux ! D'ailleurs, tu sais, grand-papa, on dit qu'on y voit double, ça n'est pas vrai ; moi, je ne voyais plus rien du tout ; ni double, ni pas double. Tu as déjà été saoul, toi, grand-papa ?

— Mon Dieu, dit Monsieur Ladmiral, en souriant, il y a si longtemps...

— J'aurais voulu te voir, dit Emile avec un bon sourire. Et papa, il l'a été, saoul ?

— Demande-le-lui, dit Monsieur Ladmiral.

— Il dit que non.

— Ton père est un homme très sérieux, dit Monsieur Ladmiral, sur un ton où l'ironie était si visible qu'Edouard fut piqué, et mécontent à l'idée que ses enfants l'avaient certainement perçue. Il allait ouvrir la bouche pour détourner la conversation, quand Lucien enchaîna :

— Au lycée, l'autre jour, le professeur a demandé si on aurait voulu vivre dans l'histoire ancienne ; il y en a un qui a dit oui, alors il lui a demandé pourquoi, alors il a dit : « Pour être ilote, parce qu'on leur payait à boire pour montrer aux enfants. »

Edouard fut indigné, et il fallait intervenir au plus tôt, avant que Marie-Thérèse eût le temps de demander ce que c'est qu'un ilote.

— C'est intelligent ! dit-il d'un ton pincé. Et qu'a répondu le professeur ?

— Il s'est marré, dit Lucien.

Monsieur Ladmiral riait de bon cœur ; il n'était pas fâché de voir les enfants scandaliser un peu leur père. La jeunesse a du bon, décidément. Monsieur Ladmiral remplit de vin, une fois de plus, les verres des deux gamins, qui les vidèrent d'un trait et si vite qu'on aurait dit un tour de physique. Emile fit ensuite un grand bruit satisfait et Lucien s'étrangla, se mit à tousser, les yeux pleins de larmes.

— Vous allez les rendre malades, dit Marie-Thérèse.

— *Bonum vinum*, dit le grand-père, *bonum vinum...*

Et il essaya d'amorcer avec son fils une petite discussion sur le point de savoir s'il faut dire : *...laetificat cor humanum* ou : *...laetificat cor hominum*. Edouard, pour ce genre de conversation, était d'un rendement médiocre ; et il était toujours gêné qu'on parlât devant sa femme de choses qui ne pouvaient pas l'intéresser. Emile, qui croyait savoir le latin, et qui commençait à avoir un peu trop bu, se mêla à la conversation avec une voix si perçante qu'il fallut le faire taire. Il n'insista pas. Il avait senti que son grand-père avait été content de le voir s'intéresser à un débat si savant, et préférait rester sur cet avantage, qui lui vaudrait bien un supplément de vin avant la fin du repas. Cette sagesse fut récompensée. Emile but encore du vin avec le fromage ; il en eut, cette fois, moins de plaisir, parce que la tête lui tournait déjà ; il était écœuré de nourriture, le visage en feu ; il dut faire un effort pour aller jusqu'au bout du dernier verre, mais il le fit bravement.

Suivant la coutume, on alla prendre le café au jardin, sous une tonnelle du type le plus classique, mais agréable. On avait permis aux garçons d'aller jouer dans le pré qui prolonge le jardin, un beau pré à l'herbe grasse, planté de pommiers épais et tordus. À vrai dire, plutôt que la permission, on leur en avait donné l'ordre. Eux n'avaient aucune envie d'aller jouer dans le pré ; tout ce qu'ils désiraient, c'était rester dans la maison, et dormir. Tant pis, ils dormiraient dans le pré.

Sous la tonnelle, Monsieur Ladmiral et son fils buvaient très lentement de petits verres d'alcool. Marie-Thérèse, un peu rouge, un peu luisante, tricotait une chaussette avec une vélocité miraculeuse. Les aiguilles de fer brillaient parfois dans les rayons de soleil qu'elles éparpillaient au passage, et Monsieur Ladmiral pensait doucement que la jeune femme avait les mains pleines d'étoiles ; cette idée le réveilla un peu ; il sourit. Les jeux de la lumière sous le feuillage de la tonnelle le ravissaient, le plongeaient dans une espèce de griserie apaisante. C'était si beau, cette lumière d'été, et cette buée sèche de couleurs éclatantes sur tout le jardin, ces verts et ces rouges,

et cet or, et ce soleil comme un liquide ou une poudre, qui ne mangeait pas les couleurs, non, c'est faux
tout ce qu'on raconte, mais les rendait vivantes, gonflées, prêtes à crever, comme si chacune était un
petit être qui demandait à être caressé, ou un mot
qu'il fallait comprendre. Dans ces moments-là, Monsieur Ladmiral savait qu'il aimait la peinture par-
dessus tout, qu'il n'avait rien à regretter de sa vie, et
qu'après tout, s'il n'avait pas mieux réussi, cela
n'avait pas beaucoup d'importance puisqu'il comprenait ce qu'il aurait fallu faire, puisque, même sans y
atteindre, il apercevait le sommet. Dans un demi-
sommeil, au milieu de cette lumière éblouissante et
chaude qui le tiédissait tout entier, les mains frémis-
santes, l'œil vague, Monsieur Ladmiral forma vaguement l'idée d'un Moïse qui mourait, après avoir
beaucoup peiné, en voyant de près la terre promise,
mais sans scrupule ni regret, puisqu'il n'était comp-
table de rien ni de personne, puisque, simplement, il
allait mourir après avoir vu, compris, aimé ce qu'il
aimait. On peut mourir pour moins cher. Il distinguait la silhouette noire de son fils auprès de lui.
Noire, c'était vite dit ; il distinguait des roux, des
bleus, et le visage, soudain, lui parut terriblement
violet, presque pourpre. C'était cela qu'il aurait fallu
peindre, deviner. Trop tard. Monsieur Ladmiral s'as-
soupissait doucement et s'en rendait compte ; se lais-

ser aller ainsi, dans l'éblouissement d'une belle lumière, quelle joie parfaite ! Voilà que mon fils est devenu pourpre, pensait-il. J'ai fait un enfant pourpre ! Monsieur Ladmiral dormait.

Gonzague regarda son père, dont la tête venait de s'abandonner sur le dossier du transatlantique. Ces yeux clos, ce sourire qu'on devinait sous la broussaille des poils blancs, cette sérénité parfaite lui firent peur. Oui, un jour ce serait comme ça, avec cette différence monstrueuse que ce serait comme ça pour toujours. Et Gonzague fut si heureux que son père ne fût pas mort, qu'il sentit pour ce père une reconnaissance éperdue. En même temps, cette idée lui venait, très simple, que son père s'était endormi, comme il faisait toujours après le repas. Tout ce qu'on pouvait faire pour lui, en ce moment, c'était de ne pas troubler son sommeil. La sieste de M. Ladmiral était une institution sacrée. Gonzague se leva doucement et sa femme se leva aussi. Il déplia un journal qui traînait sur la table de fer, et l'étendit sur la tête de son père, pour le protéger du soleil et des mouches. Le vieillard remua un peu dans son sommeil, et dit merci comme s'il avait parlé en rêve. Gonzague prit sur la table le plateau du café, sa femme prit la bouteille d'alcool et les verres, et tous deux sortirent de la tonnelle, très doucement, posant les pieds bien à plat pour ne pas faire crier le gravier. Gonzague regarda sa femme ; ils échangèrent un sourire attendri, ému, comme on en échange devant les berceaux ; et tous deux, chargés d'objets fragiles et marchant avec précaution pour ne pas faire plus de bruit que le soleil et les insectes, rentrèrent dans la maison, laissant le vieux père endormi.

Rien n'est plus contagieux que la sieste. Tout se passe comme si les plaisirs n'étaient que des maladies auxquelles on n'ose pas céder. On résiste, parce qu'on croit devoir résister ; et puis, il suffit que quelqu'un se laisse aller et tout le monde suit. C'était donc si facile ? Il suffisait de s'abandonner ? Et quel mal y a-t-il, après tout, à dormir après un bon repas ? On hésite, par fausse honte. Chacun espère que les autres commenceront et qu'il pourra s'endormir le dernier, en cachette. Il espère aussi qu'il se réveillera le premier, et ainsi personne ne saura qu'il a dormi ; il pourra même jouer le jeu de plaisanter tous ces paresseux qui auront seulement dormi quelques minutes de plus que lui. Il y a des gens qui peuvent ainsi, pendant une vie entière, et rien qu'en surveillant le temps de leur sommeil, faire croire qu'ils ne dorment jamais.

Gonzague et sa femme étaient moins délicats. Ils avaient autrefois joué ce jeu de cache-cache, l'une sur ses raccommodages, l'autre derrière un journal ; mais à force de s'être pris au piège, tantôt l'un, tantôt l'autre, ils avaient renoncé à ces feintes. Maintenant, quand le père commençait sa sieste, on allait dormir, et l'on s'en trouvait aussi bien. Edouard et Marie-Thérèse gagnèrent donc le salon, après avoir posé plateau et bouteilles dans la salle à manger, où Mercédès les salua de ce regard qu'ont les domestiques pour les maîtres qui vont dormir en plein jour, et qu'ils firent semblant de ne pas voir. Dans le salon ils jouèrent un court instant la comédie du repos confortable ; Marie-Thérèse s'était allongée sur un canapé boursouflé ; Edouard s'était assis dans un fauteuil de cuir. Ils firent semblant, d'abord, de vouloir parler.

— Comment as-tu trouvé mon père ? demanda Edouard.

— Toujours le même.

La réponse était peut-être ambiguë. Fallait-il approfondir ? Edouard hésita. Mais puisque Marie-Thérèse n'avait pas trouvé le père plus mal, inutile de s'alarmer. Et M. Ladmiral, là-bas, sous sa tonnelle, dormait d'un si bon sommeil, si paisible !

— Les enfants ne vont pas le réveiller ? Où sont-ils ?

— La petite dort, dit Marie-Thérèse. Les garçons doivent être dans le pré.

Cela voulait dire si évidemment que les garçons dormaient, eux aussi, à l'ombre des pommiers, que les parents sentirent le sommeil les gagner de plus en plus, à leur tour. Il n'y eut plus que quelques vagues sursauts. Et aucun des deux n'eut le plaisir de voir l'autre s'endormir le premier. Que c'est bon, de faire la sieste ! Edouard avait eu tout juste le temps, en faisant semblant de mieux s'installer dans le fauteuil, d'ouvrir secrètement son faux col empesé et de déboutonner le haut de son pantalon, qui lui serrait le ventre.

L'aboiement d'un chien les réveilla, et le galop d'une grosse bête, qui faisait crisser ses ongles sur les dalles du corridor et se jetait contre les murs. La porte s'ouvrit à grand fracas. Le chien, un caniche noir, efflanqué, moustachu, frisé et gesticulant, se rua à travers la pièce, reniflant et jappant. Marie-Thérèse, réveillée en plein cauchemar, se recroquevilla sur son divan. Gonzague porta la main à son col, pour réparer le désordre de sa toilette. Le chien, après avoir déraciné un guéridon trop léger, avait déjà disparu. Il ne restait plus, debout dans l'embrasure de la porte, qu'une jeune femme très élégante et très maquillée qui brandissait la petite Mireille au bout de ses deux bras robustes, et criait :

— Debout, là-dedans ! J'ai trouvé ça. C'est à vous ?

C'était Irène, la sœur de Gonzague. Solidement campée sur ses jambes, vêtue d'un tailleur de grosse étoffe qui sentait le luxe et le wagon-lit, elle riait à grandes dents. Elle posa Mireille sur le sol et alla ouvrir les volets d'une fenêtre. La pièce fut illuminée de soleil.

— Tiens ? dit Edouard, c'est toi ? Bonjour.

Il prenait ce ton de voix indifférent, dégagé mais rauque, par lequel on veut faire croire qu'on n'a pas été réveillé en sursaut. Marie-Thérèse, elle, ne cherchait pas tant de finesse. Elle grouillait sur le canapé, tout engourdie et poisseuse de sommeil, écartant une mèche humide qui barrait son front.

— Qu'est-ce que c'est ? Ah ? C'est vous ?

Elle s'assit, tira sur ses jupes, enfila ses souliers, qu'elle avait enlevés pour dormir, et qui maintenant avaient diminué d'une pointure.

Irène serra la main de son frère et de sa belle-sœur.

— Vous allez bien, oui ? En voilà une heure pour dormir, vous n'avez pas honte, pour des gens laborieux et respectables ? Où est le maître ? Et vos chers autres petits chérubins ?

-— Papa dort sous la tonnelle, dit Gonzague. Ne le réveille pas.

— Ça ne lui vaut rien de dormir comme ça, dit Irène. Vous avez tort de le laisser faire.

Elle sortit de la pièce en coup de vent. On l'entendit appeler son chien d'une grande voix. Marie-Thérèse, tiraillant de chaque côté de ses cuisses, et se déhanchant, remettait sa gaine en place. Edouard s'était levé et travaillait à son col, les coudes levés, la tête tordue en arrière, avec une grimace de souffrance.

— Elle va réveiller papa, c'est ridicule !

Mercédès, de son côté, entendant Irène courir à travers la maison, avait tremblé, elle aussi. La sieste de Monsieur Ladmiral allait être interrompue, que la servante elle-même respectait. Elle sortit de sa cuisine, prête à imposer le silence.

— Bonjour Mercédès, cria Irène au passage. Je vous ai apporté des pamplemousses, Monsieur adore ça, vous les trouverez dans la voiture.

Toujours courant, elle se débarrassait de sa veste, l'accrochait au passage à une patère du vestibule, sautait d'un bond dans le jardin en appelant : « Hé ! Ho ! » et s'avançait de son grand pas vers la tonnelle, en faisant gicler les cailloux.

Monsieur Ladmiral, réveillé, eut un mouvement et fit tomber le journal qui abritait sa tête. Un court instant on distingua la bouche un peu tordue, l'œil vague, d'un vieillard qui se réveille mal ; c'était le mauvais passage. Monsieur Ladmiral, pas content du tout, cherchait du regard autour de lui, pour s'en prendre à Emile ou à Lucien. Il aperçut sa fille, et son visage s'illumina.

— Irène !

Il leva les bras au ciel, parfaitement réveillé, ravi, se redressa sur son transatlantique, passa ses doigts dans ses cheveux, lissa sa barbe, et graillonna un peu du fond de la gorge pour éclaircir sa voix enrouée par le sommeil. Irène était près de lui et l'embrassait sur les deux joues.

— Tu as la barbe toute trempée, dit-elle. C'est stupide de dormir comme ça en plein soleil. Comment vas-tu ?

— Comme ci, comme ça, dit Monsieur Ladmiral, heureux de pouvoir enfin parler de sa santé avec un peu de détail. Ça dépend des jours. Hier et avant-hier, par exemple...

— J'ai juste pu venir faire un tour cet après-midi, dit Irène, qui ignorait ce qu'on appelle la santé, la sienne comme celle des autres. C'est une chance. Je devais déjeuner avec des amis et au dernier moment, pan ! La femme se casse la tête dans l'escalier ; la tête, c'est-à-dire la jambe ; d'ailleurs, c'est une fille qui a plus de jambe que de tête... C'est idiot pour elle, elle devait partir en voyage après-demain ; idiot pour moi aussi, il faudra aller la voir à la clinique, ça ne m'arrange pas du tout en ce moment. Alors je me suis dit : « Bon ! Il y a longtemps que je n'ai pas vu le maître, ça tombe bien. » Alors, voilà. Mais quelle chaleur, sur la route ! Tu la connais, cette fille ; enfin, je t'en ai parlé ; c'est Marinette, la petite bonne femme à qui j'ai vendu mon ancienne voiture. Qu'est-ce que tu deviens, toi ? C'est fou ce qu'il y a longtemps que je ne t'ai pas vu ; mais tu n'as pas changé. Et moi ? Je te reconnais très bien ; tu n'as pas tellement bonne mine, tu sais ? Tu devrais prendre plus d'exercice ; si tu veux, nous irons faire un petit tour tout à l'heure ; je t'ai apporté des pamplemousses, j'ai prévenu Mercédès ; entre parenthèses, je lui ai trouvé une drôle de tête, à Mercédès ; tu ne crois pas qu'elle est enceinte ? Evidemment, ça m'étonnerait. Ça, c'est mon chien, tu vois ? Tu ne devinerais jamais comment il s'appelle : il s'appelle Médor. Avoue que c'est beau. Tous mes amis à chiens sont furieux de ne pas y avoir pensé. Dis donc, à propos, tu as le joyeux Gonzague et sa compagnie ? Il y a longtemps que je ne les avais pas vus. Comment vont-ils ? Leur gamine est adorable ; ça n'est pas croyable qu'ils aient pu la faire tout seuls. Tiens, voilà les deux héritiers ! Venez dire bonjour, album de famille

Émile et Lucien venaient d'apparaître, attirés par la voix d'Irène, qui les avait arrachés à leur sommeil. Ils étaient accourus tout de suite, et regardaient, écoutaient, bouche béante, ravis d'admiration et de timidité. Leur tante les éblouissait ; l'aîné, naturellement, était amoureux ; le plus jeune n'était encore que bouleversé ; mais quelque nom qu'il fallût donner à leurs sentiments, ils étaient de ceux qui soulèvent les enfants au-dessus d'eux-mêmes. Emile et Lucien n'en revenaient pas qu'il leur fût permis d'approcher de si près, si facilement, cette femme admirable, belle, élégante, gaie, bruyante, qui ne s'étonnait, ne se fâchait, ne se plaignait jamais de rien ; si supérieure en tout à leurs parents, et qui ressemblait bien plus aux femmes qu'on croise dans les rues, qu'on voit sur les affiches, à la devanture des kiosques à journaux, dans les films, qu'au personnel habituel de ce qu'on nomme la famille. Qu'est-ce que ça serait, pensaient parfois les enfants dans leurs rêves insensés, qu'est-ce que ça serait d'avoir une mère comme tante Irène ! Mais ils comprenaient bien que ce sont des choses qui n'arrivent pas, et qu'il y a deux espèces de femmes : les mères et les tantes Irène. On ne sait pas pourquoi, mais c'est comme ça. Encore heureux que le sort leur eût donné une tante Irène en complément ! Dommage seulement qu'on ne puisse pas la montrer aux camarades, pour les épater.

Les deux garçons approchèrent. Irène les embrassa ; ils éprouvèrent la petite suffocation délicieuse de ce parfum, de ce contact, de ces gestes. Irène avait des mouvements brusques en apparence, mais si merveilleusement précis, si exactement déroulés, qu'ils ne heurtaient jamais rien, ni personne. Monsieur Ladmiral appelait cela la grâce ; Gonzague comprenait, sans chaleur, que sa sœur avait ce que les gens appellent du charme. L'enfant Emile, pour sa part, et sans chercher aucun mot, était heureux quand Irène l'embrassait : il en avait le souffle étranglé, le ventre chatouillé, et des démangeaisons au creux des mains ; plus quelques autres troubles très précis, qu'il reconnaissait fort bien, et qui lui inspiraient une curiosité brûlante, du plaisir, un vague sentiment de honte, et le désir féroce qu'Irène ne le prît pas pour un petit garçon. Ce qui se traduisait par une attitude prétentieuse et agressive ; conséquence : Irène le rabrouait, non sans plaisir ; elle n'était pas insensible à cette adoration. Les femmes belles ne méprisent aucun hommage, d'où qu'il vienne ; un sou est un sou. C'est une des nombreuses ressemblances entre la beauté et la richesse ; et l'une et l'autre, en effet, vont presque toujours ensemble : il arrive qu'une femme belle soit pauvre ; il est très rare qu'elle le reste.

Monsieur Ladmiral, bien réveillé, regardait sa fille avec de bons yeux ravis, un sourire heureux collé maintenant au visage, visible sous la barbe, comme dans les masques japonais. Il était heureux. L'arrivée de Gonzague et de sa femme, qui sortaient de la maison, encore vaguement endormis et inquiets, le rembrunit.

— Tiens, dit Monsieur Ladmiral. Vous voilà ?

Comme s'ils arrivaient à l'improviste, et presque en intrus, dans une réunion de famille. Gonzague sentit cette nuance, et fut un peu agacé. D'autant plus qu'il éprouvait de la peine à reboutonner son faux col.

— J'avais demandé à Irène de ne pas te réveiller, dit-il.

— Je ne dormais pas, dit vivement Monsieur Ladmiral.

— Je sais bien, dit Gonzague, par discrétion ; mais tu aurais dû te reposer un peu tranquillement. Qu'est-ce que vous faites là ? cria-t-il vers ses fils ; qu'est-ce que vous faites là, à ennuyer votre grand-père ?

— Laisse-les donc, dit Irène. Tu t'imagines toujours qu'on ennuie tout le monde. Tiens, donne-moi ça... Et elle s'avança vers son frère, pour l'aider à boutonner son col, il n'en sortirait jamais tout seul.

— Tu n'as pas honte de t'enfermer dans des engins pareils ? Papa lui-même n'oserait pas, et pourtant !... (Elle se tournait vers Marie-Thérèse.) C'est une ceinture de chasteté que vous lui mettez là, à votre homme ? Vous me direz que c'est dimanche, mais quand même ! Zut ! Je me suis cassé un ongle ! Regarde tes gamins, ça les fait tordre. Si je comprends bien, ils sont bientôt à l'âge des caleçons longs ? Parce que, je ne voudrais pas violer l'intimité de votre alcôve, mais je parie que tu portes des caleçons longs. Marie-Thérèse ? Est-ce qu'il porte des caleçons longs ? Vous savez que j'ai ouvert un magasin ? Oui, vous le savez, naturellement ; je vous avais invités à l'inauguration, vous n'êtes pas venus, vous avez eu tort. Emile, mon neveu, va me chercher un verre de quelque chose, dépêche-toi. Après ça on ira faire un tour avec grand-père. On crève de chaud, ici. Papa, tu as tort de dormir au soleil après le déjeuner. Vous auriez dû le lui dire, vous, c'est très mauvais pour lui. Mais il y a longtemps que je m'en suis aperçue, dit-elle en se tournant vers son père, ces deux-là veulent ta mort.

Gonzague n'admettait pas la plaisanterie sur certains sujets.

— Je t'en prie ! dit-il vivement.

Et Monsieur Ladmiral, frappé par ce rappel à l'ordre qui donnait du poids aux paroles d'Irène, crut que c'était son fils qui avait parlé de sa mort. Il lui jeta un regard mécontent, et se sentit las. « Il faut toujours que ce garçon parle des sujets pénibles », pensa-t-il. Et il se leva de son fauteuil avec un peu de peine. Gonzague s'avança pour l'aider.

— Laisse ! Laisse ! Je peux encore me bouger tout seul, dit le père avec un peu d'humeur.

Et il s'appuya au bras d'Irène ; elle n'avait fait aucun mouvement, mais s'était trouvée juste à portée de son père quand celui-ci avait eu besoin d'elle. Marie-Thérèse regardait la scène, sans amertume car elle n'était pas méchante, sans ironie parce qu'elle n'était pas fine ; elle la connaissait par cœur. C'est curieux, pensait-elle, il ne sait même pas que sa fille est maquillée ; il la regarde, il la touche, il la sent, et il ne le sait pas.

On se mit en marche vers la maison. Emile, suivi de son frère, revenait, portant à petits pas un verre de vin rouge que lui avait donné Mercédès ; la servante connaissait les goûts d'Irène. Celle-ci vida le verre.

— Il est mauvais, ton vin. C'est un nouveau ?

— Il y a plus de trois mois que papa a celui-là, dit Gonzague.

— Eh bien ! dit simplement Irène, qui avait très bien compris l'allusion, ça prouve que je ne suis pas venue depuis trois mois.

— Au moins ! dit Monsieur Ladmiral en souriant, mais sur un ton de léger reproche.

Irène se tourna vers son frère.

— Là ! Ça y est ! Toujours à cafarder, celui-là !

Maintenant, à cause de toi, le maître va me faire une scène.

Les enfants n'en revenaient pas d'entendre parler sur ce ton à leur père, et jubilaient. Gonzague, lui, n'en revenait pas d'entendre sa sœur dire n'importe quoi à n'importe qui. C'était comme cette histoire de magasin ! Et le père avait l'air de trouver ça très bien. Lui pour qui le commerce avait toujours été quelque chose de déshonorant.

— C'est vrai, dit-il à Irène. Il paraît que tu tiens boutique ?

Le mot, dans son esprit, était injurieux.

— Colifichets et falbalas ? ajouta-t-il un peu aigrement.

Irène continua :

— Colifichets et falbalas, brimborions, amusettes, petits riens, frivolités et fanfreluches. (Ah ça ! pensait-elle, un tout petit peu agacée, si celui-là veut se mettre à faire de l'ironie...)

— Il faudra absolument que tu viennes voir ça, dit Irène à son père. Ça marche le tonnerre. C'est ce qui m'a empêchée de venir depuis si longtemps. Tu ne t'es pas trop ennuyé ? Au fait, comment vas-tu ? Je te l'ai déjà demandé, tu ne m'as toujours pas répondu. Tu as eu des visites ?

— Pas grand monde. Je ne vais pas trop mal, mais...

— Ce que je trouve formidable chez papa, dit Irène à son frère, c'est comme il supporte bien la solitude.

— Nous sommes venus à peu près toutes les semaines, dit Gonzague.

— Pas dimanche dernier, dit vivement Monsieur Ladmiral. Je comprends très bien, dit-il à sa fille. Ça a dû te donner un travail fou.

Monsieur Ladmiral n'avait pas la moindre idée du genre de travail que peut donner l'ouverture d'un magasin, et ne tenait pas à être renseigné, il n'aurait pas compris.

— Viens voir ce que je peins, dit-il à sa fille, comme la famille entrait dans la maison. Tu n'aimeras pas ça, naturellement, mais tant pis. Après tout, ça n'est peut-être pas toi qui as raison.

— Ah ! Si ! Pour la peinture, c'est moi !

Irène détestait la peinture de son père, et ne s'en cachait pas. Monsieur Ladmiral pensait bien qu'après tout sa fille avait peut-être raison ; tout de même, il ne voulait pas en être sûr, et surtout il n'aimait pas beaucoup le lui entendre dire. Chaque fois il éprouvait un petit choc, une déception.

Cette fois encore l'attitude d'Irène lui fit de la peine, lorsqu'il lui présenta la toile qu'il était en train de travailler.

— Encore un coin d'atelier ? dit Irène. C'est fou ce qu'il en a, des coins, ton atelier. Tu devrais faire une bonne fois un atelier polygonal, kilogonal, myriagonal, et caetera-gonal...

Et elle se laissa tomber sur le divan que barrait le grand châle de soie jaune.

— Attention ! Ça pose !

Gonzague avait poussé un cri. Monsieur Ladmiral, qui allait le pousser, trouva que son fils avait pris un ton bien furieux et, du coup, il n'en voulut plus à Irène d'avoir bousculé son divan.

— Où as-tu trouvé ce châle jaune ? dit Irène.

— Au grenier, figure-toi. Tout à fait par hasard ; j'ai remis la main sur des vieux cartons pleins d'étoffes anciennes. Il y a des choses de toute beauté. C'était là-haut depuis mon déménagement, je n'y pensais plus.

— Ça m'intéresse follement, dit Irène.

Hop ! Elle emporta son père au grenier. Cinq minutes plus tard, elle saccageait, fouillait, choisissait, ouvrait des cartons, vidait des malles, environnée d'étoffes éclatantes, rapide et précise, dépliant un châle, déroulant une écharpe, faisant jouer une robe, éparpillant des chiffons multicolores. Monsieur Ladmiral, assis sur un vieux coffre à clous, la regardait, épouvanté et ravi. De Gonzague et de sa femme, il n'était plus question. Irène les avait oubliés, toute à la frénésie des étoffes, plongée dans les cartons débordants comme un camelot.

— Et ça ? Et ça ? Tu ne m'avais jamais dit... D'ailleurs je m'en doutais, je voulais t'en parler, j'étais sûre qu'il y avait des tas de choses dans tes vieilles malles. J'avais vu tout ça autrefois, je me rappelle. Mais ça n'avait pas d'intérêt, et puis je n'avais pas fait attention... Tu me les donnes, naturellement ? Oui, bien sûr que tu me les donnes... J'ai eu une riche idée de venir ! Dire que si Marinette ne s'était pas cassé la jambe... Tiens, je lui ferai quelque chose avec ce caraco ; elle adore le vert. Elle a tort, d'ailleurs, mais elle a rencontré un type qui lui a mis ça dans la tête. C'est peut-être un daltonien ? Ou un daltoniste ? Comment dis-tu ?

Irène ne s'arrêtait guère de parler que le soir, au moment de s'endormir. Dès le lendemain matin, les yeux à peine ouverts, elle recommençait, et il y en avait pour une nouvelle journée. C'était une très belle fille, solide et ferme, de peau brune, aux yeux presque noirs, et si éclatants que, même au repos, elle avait l'air d'aller et venir. Elle avait toujours fait peur à Monsieur Ladmiral. Quand elle avait eu dix-huit ans, et puis vingt, et puis davantage, son père avait eu grand'peine à s'habituer à ses manières. Elle se maquillait, elle sortait seule, rentrait tard, et ne montrait jamais aucun de ces signes que Monsieur

Ladmiral, dans sa jeunesse, avait appris à regarder comme les signes de la pudeur. Monsieur Ladmiral avait souffert de cet état de choses. Il l'avait enfin accepté, par un effort qu'Irène n'avait peut-être pas mesuré à son prix. Les enfants ont déjà tant de peine à accepter ce qui les choque chez leurs parents, qu'ils ne comprennent jamais que les parents doivent faire un effort bien plus dur encore. Irène était tout le contraire de sa mère, la plus réservée des femmes, et tant d'oppositions avaient souvent gêné Monsieur Ladmiral. Mais quand la mère fut morte, tout débat fut supprimé ; il ne restait plus qu'Irène ; le père, déjà vieux, fit basculer tous ses jugements ; Irène prit la place libre, son père ne sut même pas tout ce que ce transfert comportait de reniements. C'est ainsi qu'on voit des veufs, et les plus inconsolables, se remarier avec n'importe qui. Et tel fut l'inceste de Monsieur Ladmiral qui ne sut jamais qu'il se vengeait avec sa fille, parce qu'elle l'amusait et parce qu'elle était belle, d'une femme qui n'avait jamais été très brillante, et qui avait depuis longtemps cessé d'être jolie.

Irène, en ce temps-là, avait très bien compris, et deviné, que si elle continuait à vivre avec son père elle deviendrait son esclave. Elle avait donc décidé de se retirer de la famille. Ça n'avait pas été facile. Irène vivait à Paris avec son père, Gonzague était marié depuis plusieurs années. Irène voulait être seule. Non pas tant libre que seule. Et c'est sur ces deux mots-là que l'on peut juger les filles qui décident de quitter leur famille.

Monsieur Ladmiral avait accepté cette séparation au prix d'un courage si grand qu'il n'avait vraiment pas su le cacher tout à fait. Perdre sa fille, c'était vraiment s'embarquer dans un second veuvage. Il avait d'abord résisté, puis hésité, accepté enfin avec des regrets, des réticences, des allusions. Irène avait coupé court en déménageant très vite, en refusant tout débat, à partir du jour où l'affaire avait été entendue. La séparation avait presque été une rupture ; Monsieur Ladmiral et sa fille se quittaient assez mécontents l'un de l'autre, ce qui avait d'abord facilité les choses et facilité, presque aussitôt, la reprise des relations. M. Ladmiral ne pouvait se passer de sa fille. Puisqu'elle le quittait, il fallait au moins qu'il ne se plaignît pas, s'il voulait la garder un peu. Il eut cette sagesse, et fut récompensé ; Irène resta pour lui la plus attentive des filles. Heureusement, Monsieur Ladmiral, au moment où Irène le quitta, ne pensa jamais à l'ingratitude des enfants, ou du moins n'en parla jamais. Il y pensa un peu plus tard, quand sa fille commença à venir le voir moins souvent ; et il y pensait surtout quand il avait l'occasion d'aborder ce sujet avec Gonzague, qui, lui, était très fidèle et venait souvent voir son père, même les jours de semaine en sortant du bureau. Monsieur Ladmiral, quand Gonzague s'en allait, n'était pas très triste de le voir partir ; mais ce départ lui rappelait qu'Irène n'était pas venue depuis longtemps. Alors, dans son adieu à Gonzague, on sentait toujours un peu le regret que cette visite n'eût pas été celle d'Irène. Gonzague comprenait, et il avait des jours où, en redescendant l'escalier de son père, bouleversé, il manquait des marches, comme un amoureux éconduit ; tous les chagrins se ressemblent.

Et maintenant, Irène vivait seule. On avait même oublié ces incidents des premiers temps. Irène vivait seule et elle avait un métier. Monsieur Ladmiral avait accepté cela comme le reste. Au reste, Gonzague tenait à préciser, non par malice mais par souci d'exactitude, que sa sœur n'avait pas un métier, mais qu'elle en avait trente-six. Le chiffre était exagéré ; l'intention ironique était justifiée. Irène avait travaillé dans l'atelier d'un décorateur, avait fait des dessins de mode, avait vendu des statues nègres, avait été la secrétaire d'un collectionneur, on ne savait quoi encore. Discrète, mais non cachottière, elle laissait échapper des allusions à des restaurants, à des fêtes, à des voyages de week-end qui laissaient Gonzague un peu agacé, surtout quand elles étaient faites devant sa femme. Et puis Irène en était déjà à sa seconde voiture.

— Moi, disait Gonzague en plaisantant, et sur un ton où l'arrière-pensée était à peine sensible, moi, les enfants me sont venus avant la voiture.

— Tu serais encore bien plus furieux si j'avais des enfants, répondait Irène avec un bruit de fouet.

Elle touchait là à un sujet délicat. Irène avait-elle un amant ? Monsieur Ladmiral ne s'était jamais posé la question clairement : il était bien décidé à ne jamais se la poser. Il savait très bien que tout permettait de conclure qu'Irène avait un amant : son indépendance, sa beauté, ses attitudes, ce qu'on devinait de son entourage. Mais il y a pour chaque homme un certain nombre de vérités blessantes contre lesquelles il n'a qu'une seule défense, mais souveraine : le refus. « Je ne veux pas le savoir. » Si Monsieur Ladmiral avait su que sa fille avait un amant, il eût été très malheureux, plein de honte, de tristesse et de crainte. Il était de ces hommes (mais tous les hommes sont ainsi) qui attachent un grand prix à la virginité des filles qui les touchent de près. Irène le savait. Quand elle cacha à son père sa première liaison, elle fut aussi sage que Monsieur Ladmiral lui-même quand il se refusa à la deviner. À quoi bon mettre dans la lumière ce que tout le monde est d'accord pour cacher ? Gonzague, lui aussi, s'était bien douté de quelque chose ; et comme il avait craint que son père ne s'inquiétât, il avait risqué de temps en temps une allusion, pour tâter le terrain et pour rassurer son père, au besoin.

— On ne voit plus jamais Irène, disait-il. Je sais bien que c'est une fille sérieuse, mais c'est égal, ça m'ennuie de la savoir toute seule.

— N'est-ce pas ? disait Monsieur Ladmiral, vaguement inquiet, et pour voir venir.

— Oh ! Je sais bien, disait Gonzague, qu'elle n'est pas vraiment ce qu'on peut appeler seule...

— Qu'entends-tu par là ? disait vivement le père. Il sentait bien où son fils voulait en venir, détestait ce genre d'enquête qui l'entraînait vers les régions défendues, et pourtant mordait toujours à l'hameçon.

— Rien... Rien... Quand je dis qu'elle n'est pas seule, je veux dire qu'elle voit des tas de gens... J'ai même l'impression que ma chère sœur serait plutôt très entourée...

— Oui, disait Monsieur Ladmiral, soudain rasséréné et tout rayonnant en pensant aux succès de sa fille, oui, je crois qu'on l'aime beaucoup. Et je suis persuadé, comme tu disais, que ce n'est pas du tout une fille à faire des bêtises.

— Non, je ne crois pas, disait Gonzague, du ton le plus réticent, mais son père ne voulait pas s'en apercevoir.

Et ils n'allaient pas plus avant dans la vie privée d'Irène. Monsieur Ladmiral pensait : ce brave Gonzague est bien insinuant. Sait-il quelque chose ? Veut-il m'interroger ? À quoi bon tourniquer autour de ces questions-là, puisque nous ne pouvons rien savoir ? Du reste, je connais Irène. Si elle avait un... Si c'était ce que Gonzague a l'air d'imaginer, elle est la droiture même, elle me l'aurait dit. (Il savait bien que non. Il était même parfaitement sûr, sans preuve, mais parfaitement sûr qu'Irène avait un amant, qu'elle ne le lui dirait jamais, qu'il ne l'interrogerait jamais et qu'ils avaient bien raison de mentir tous les deux.)

Gonzague, de son côté, après des conversations de ce genre, pensait que son père était aveugle et qu'après tout cela valait mieux. Pourtant, il ne pouvait se tenir, et à la prochaine occasion, recommençait ses allusions inutiles. C'était plus fort que lui. Il est permis d'être aveugle, mais au moins faut-il qu'on en convienne, et qu'on ait des maladresses d'aveugle. Qu'Irène ait un amant, passe encore ; Gonzague sait bien que sa sœur est libre, et il ne se sent nullement frère aîné, ni gardien de l'honneur. Ce qui l'ennuie, c'est qu'Irène, si elle a un amant, n'en souffre pas, qu'elle n'ait même pas à supporter le blâme de son père, qu'elle n'ait pas, au moins, le remords de lui avoir fait de la peine. Gonzague est comme tous les gens scrupuleux, correctement mariés, vertueux, et qui remplissent, même volontiers, de nombreux devoirs : ils ne reprochent pas à ceux qui ont su éviter tant de chaînes d'avoir su se rendre libres ; mais ils ne veulent pas qu'en plus ils soient heureux. Ce serait trop facile. Et si la liberté est facile, alors rien ne tient plus.

Or, il était certain qu'Irène se sentait heureuse, et tout spécialement en cet instant, au grenier, dans ce grand déballement d'étoffes. Elle avait maintenant mobilisé Mercédès et, avec son aide, avait rempli trois grands cartons d'objets précieux. Non sans faire, au passage, quelques cadeaux à la servante. Mercédès n'avait aucun besoin de vieux souliers de bal, ni d'un manchon de fausse hermine jauni comme la moustache d'un fumeur, mais elle n'avait jamais été si heureuse. Rien ne touche plus une domestique qu'un cadeau ; il est le signe même de l'égalité ; il compense, et efface, les gages.

Les paquets ficelés, Irène et Mercédès les portèrent jusqu'à la voiture. Irène sautait de joie. Elle essaya d'expliquer à son frère et à Marie-Thérèse comment elle utiliserait ces vieilleries qu'elle venait de prendre. Gonzague affectait de ne pas vouloir d'explications.

— Si ces rogatons sont à la mode, dit-il en levant la main, grand bien vous fasse. Et si papa te les donne, c'est parfait. Tout ce qui est ici lui appartient Il en dispose comme il l'entend.

Irène sentit une arrière-pensée de partage, de discussion d'intérêts, fut dégoûtée. Elle répliqua, volontairement blessante et parce que aussi elle était vexée de n'avoir pas pensé à cet aspect-là de la question :

— Je ne veux voler personne ; tout ce que j'emporte, je l'achète.

Gonzague fut interloqué. Il n'y avait pas moyen de se disputer avec Irène, elle n'avait jamais que des arguments irréfutables ; et que pouvait-il, lui, pauvre diable chargé de famille, et honnête, si l'on se mettait à invoquer la puissance de l'argent ? Il imaginait le moment où, Monsieur Ladmiral étant mort, Irène voudrait s'emparer de la maison, des tableaux, des meubles, à coups de millions, le laissant, lui, dépossédé, tout nu, au mépris de toute justice. Il en voulut cruellement à sa sœur. Elle ne pensait donc qu'à la mort du vieux père, et qu'à accaparer ses maigres biens ? Et le père, toujours trop bon, qui ne s'en doutait pas...

Monsieur Ladmiral ne s'en doutait pas du tout, en effet. La proposition d'achat que lui faisait Irène ne lui paraissait ni indécente ni injurieuse ; simplement un peu saugrenue ; l'idée ne lui serait jamais venue de vendre à sa fille quelques brassées de chiffons, et il refusa en riant. Pourtant, il était touché qu'Irène eût pensé à cela ; et il n'était pas mécontent que, par ce geste, elle eût cloué le bec à Gonzague, qui ne pensait qu'à se plaindre.

— Tu es folle, dit-il, un peu confus ; Gonzague plaisantait.

— N'en crois rien, dit Irène. Edouard plaisante rarement, et jamais sur les choses du cœur ni sur celles de l'argent. Du reste, il est parfaitement normal que je te paie ce que je prends ici. C'est mon métier de dénicher dans les maisons ce dont personne ne veut. L'autre jour, du côté de Dreux, j'ai acheté chez des paysans une couronne de mariée avec son globe, une merveille.

— Ils te l'ont vendue ? Une couronne de mariée ?

— Ça a été dur. Oh ! Pas à cause des souvenirs, ils ne savaient même plus de qui elle venait ; mais parce qu'ils disaient que ça ne pouvait servir à rien. J'ai été obligée de leur proposer un prix ridiculement bas, sans ça ils ne l'auraient pas lâchée. Qu'on me parle, après ça, des paysans normands !...

— Dreux n'est pas en Normandie, dit Gonzague sèchement.

— Dreux ? cria Irène, ça me ferait bien mal !

— Tu m'en vois au désespoir, dit Gonzague, précis comme un atlas ; mais Dreux est encore dans l'Ile-de-France. Il ne s'en faut pas de beaucoup, mais c'est ainsi.

Irène se savait battue. Elle se tourna vers son père.

— Combien en veux-tu, de tes vieilles nippes ?

— Ne parlons plus de cela, dit Monsieur Ladmiral gêné.

Irène se rejeta vers son frère. Elle était bien décidée à ne pas le lâcher.

— Toi, alors ? A quel prix les estimes-tu, puisque c'est toi qui as parlé d'argent le premier.

— Moi ? dit Edouard, indigné.

Sa femme entra alors dans le débat, comme la foudre.

— Là, vous n'avez pas raison, dit-elle.

Elle éclatait de fureur, tout à coup. L'injustice était vraiment trop forte. Cette Irène se croyait tout permis ; et puis enfin, sur les questions d'argent, Marie-Thérèse ne se sentait pas plus bête qu'une autre, et il ne fallait pas lui en raconter.

— Si quelqu'un a parlé d'argent... dit-elle encore, toute suffocante.

Irène battit en retraite, devant ce renfort inattendu, mais c'était si évidemment pour ne pas discuter avec sa belle-sœur, que personne ne lui sut gré de son repli, ni du ton conciliant qu'elle prit aussitôt.

— Vous avez raison, dit-elle. Nous n'allons pas nous disputer. D'ailleurs, je suis la seule à y connaî-

tre quelque chose. Papa, je t'en ai chipé pour mille
francs. Tiens !

Elle avait pris dans son sac une petite liasse de
billets, maintenue par une pince ravissante qui avait
bien l'air d'être en or. Monsieur Ladmiral, horrible-
ment gêné refusa l'argent.

— Tu n'y penses pas. Je ne veux pas faire de commerce avec mes enfants, qu'est-ce que c'est que cette
histoire ?

Il ne savait plus contre qui il était fâché, contre
Gonzague ou contre Irène. Il était mal à l'aise. Et ce
billet de mille francs n'était pas non plus déplaisant à
regarder. Irène lui faisait souvent de petits cadeaux,
et même des gros ; quelquefois des cadeaux d'argent
à peine déguisés, à l'occasion de comptes compliqués
ou d'achats faits pour lui, dans lesquels elle trichait
sur les chiffres ; elle était la générosité même. Gonzague, lui... mais ce n'était pas sa faute ; il n'était pas
bien riche, tandis qu'Irène gagnait ce qu'elle voulait,
à l'en croire, dans ses métiers mystérieux. Sa boutique...

— Allons ! Allons ! disait Irène, son billet au bout
des doigts. Nous n'allons pas marchander, entre père
et fille ? Tu veux davantage ?

— Oh ! protesta Monsieur Ladmiral. Et pour in-
terrompre ce débat qu'il ne trouvait pas joli, il prit le
billet.

— Faut-il dire que c'est bien pour te faire plaisir ? demanda-t-il avec une bonne ironie.

— Il faut le dire parce que c'est vrai, dit Irène gentiment.

Monsieur Ladmiral se promettait, avec cet argent, d'offrir un cadeau aux enfants de Gonzague, tout en soupçonnant vaguement qu'il n'en ferait rien. Edouard et sa femme avaient vu le billet changer de main avec un peu de gêne ; il y a des gens qui jonglent avec l'argent... Enfin, chacun sa vie ; et, après tout, le père était content. Il avait largement de quoi vivre, mais les vieillards aiment toujours l'argent un peu plus qu'on ne l'aurait cru.

Mercédès vint annoncer que le thé était servi. On retourna sous la tonnelle. Irène n'aimait pas le thé ; elle but le jus des pamplemousses qu'elle avait apportés, si bien qu'il n'en resta plus grand'chose. Marie-Thérèse, elle non plus, n'aimait pas le thé, mais elle n'avait jamais eu le courage de l'avouer quand il en était temps encore ; maintenant elle était obligée de regarder avec un peu de honte et de jalousie cette Irène qui, elle, avait le courage de ses opinions. Il est vrai qu'elle n'aimait pas non plus le jus de pamplemousse. Elle aurait voulu du café au lait. Mais n'y pensons plus, il est trop tard. Les enfants, eux, boivent du sirop de framboise, avec des pailles ; c'est un des bons moments de la journée.

Emile est un peu pâle, pourtant, l'estomac encore barbouillé ; c'est idiot de faire boire un enfant comme ça ; tout à l'heure, dans le train, Mireille ne sera pas la seule à vomir sur les voisins.

— Tu viens faire un petit tour en voiture, vieux père ? demanda Irène après avoir allumé une cigarette.

Monsieur Ladmiral n'avait pas grande envie de bouger : mais s'il allait se promener avec sa fille il pourrait la voir seule, parler un peu avec elle, la sentir un moment près de lui, à lui. La voiture était trop petite pour qu'on emmenât tout le monde ; les enfants, peut-être, ils n'étaient pas gênants.

— Avec plaisir, dit Monsieur Ladmiral qui se leva sans trop de peine. Si ça ne t'ennuie pas, j'aimerais aller jusqu'au pont de la Goulette. Il y a là cette ravissante maison au bord de l'étang...

— Je t'avertis, dit Irène, que le manoir avec son reflet ne se vend plus du tout. Mais, cela dit, va pour le pont de la Goulette. C'est un coin ravissant. Vous venez avec nous ?

Elle se tournait vers Gonzague et sa femme. Mais non ; ils ne venaient pas ; ils n'en avaient aucune envie, personne n'en avait envie ; ils refusèrent, avec les mots qui convenaient. Monsieur Ladmiral et Irène leur en surent gré, l'atmosphère était redevenue cordiale.

— Ne rentrez pas trop tard, dit Gonzague, nous prenons dix-huit heures cinquante-six.

— Vous ne restez pas pour dîner ? demanda Monsieur Ladmiral, soudain éperdu comme un enfant que ses parents abandonnent.

— Je ne crois pas, dit Gonzague. Cela nous mettrait bien tard à Paris, et Émile a une composition d'histoire demain matin.

— Qu'est-ce que ça fait ? dit Monsieur Ladmiral. Restez donc tous avec moi, Irène vous ramènera en voiture.

— Je veux bien vous ramener, dit Irène ; en vous tassant un peu ça ira, mais je dois être à Paris pour dîner.

— Toi aussi ? dit Monsieur Ladmiral.

— Absolument forcée, dit Irène.

Elle se tourna vers Gonzague et sa femme.

— Ça vous va ?

Les deux garçons retenaient leur souffle, étouffant de joie à l'idée de rentrer en voiture, et avec Irène. Ils dévoraient des yeux les grandes personnes. Gonzague et sa femme s'interrogeaient du regard.

— Ah ! Non ! dit Monsieur Ladmiral. Vous n'allez pas me laisser tout seul !

Gonzague avait entendu dans la voix de son père cet accent d'inquiétude, presque de détresse, qu'on y entendait toujours à l'instant des adieux, ou seulement quand on parlait de départ.

— Après tout, dit-il, nous pouvons peut-être dîner ici et repartir par vingt et une heure treize...

Tant pis. On rentrera par le train, Mireille sera malade, les enfants se coucheront trop tard. Qu'est-ce que tout cela auprès du chagrin d'un vieil homme qui a peur de rester seul ?

Marie-Thérèse avait compris ; elle fit un bon sourire à Monsieur Ladmiral, qui se demanda si sa bru ne restait pas par devoir. Les enfants eurent envie de pleurer ; c'était raté ; on ne rentrerait pas en voiture. Heureusement, Irène leur proposa de les emmener dans sa promenade avec grand-père. Ils se précipitèrent vers la maison.

Comme ils entraient dans le vestibule le téléphone sonna. Émile et Lucien se jetèrent vers l'appareil, et, après une courte lutte que termina un croche-pied sournois, Lucien, le plus jeune, décrocha le récepteur. Il hurlait dans l'appareil, récitant les formules d'une voix terrifiée mais qu'il croyait pleine de désinvolture, pour faire celui qui a l'habitude du téléphone :

— Oui, c'est ici... Oui, monsieur, je crois qu'elle est encore là, je vais voir, voulez-vous ne pas quitter, je vous prie. C'est de la part de qui, s'il vous plaît ?

Il se retourna vers Irène, triomphant :

— C'est pour toi, tante Irène. C'est un monsieur. Je n'ai pas compris le nom.

Irène avait déjà pris l'écouteur, et répondait par phrases courtes et rapides. Elle n'avait pas l'air contente. Monsieur Ladmiral et les deux garçons devinèrent tout de suite qu'il ne serait plus question de promenade. Et tout à coup, Irène s'anima :

— C'est absolument impossible, disait-elle dans l'appareil. Impossible. Je ne reviens pas sur ce que je t'ai dit. Je veux bien que tu ailles à Versailles, ça m'est complètement égal. Mais, dans ce cas-là, j'y vais aussi. Ça serait trop facile. J'espère que c'est bien ton avis ? Bon. Alors, nous sommes d'accord. Il est... voyons. Il est six heures moins vingt. Attends-moi, je passe te prendre. Mais non, je t'assure. J'en ai pour trois quarts d'heure à peine, et de toute façon, je tiens absolument à arriver là-bas avec toi. Alors, ne bouge pas, et je viens. Au revoir...

Elle raccrocha. Elle avait si évidemment retenu le mot : « chéri » après son « au revoir » que Monsieur Ladmiral le vit encore, collé à ses lèvres rouges et gonflées. Irène elle-même en fut vaguement gênée. Monsieur Ladmiral était affreusement triste.

— Alors ?... dit-il en souriant. Si je comprends bien... ?

— Je suis désolée, dit Irène. Elle souriait, mais comme un masque. Sa voix était presque tremblante, un peu fêlée. Elle était peut-être triste, et Monsieur Ladmiral pouvait croire que c'était en pensant à lui.

— Il faut absolument que je rentre à Paris tout de suite. Ce serait trop long à t'expliquer...

Elle était déjà prête à partir, elle était partie. Elle n'était plus, comme tout à l'heure, rapide, sûre et autoritaire, elle n'était plus que rapide. Et troublée. Elle ne partait pas, elle fuyait, attirée vers Paris par une force irrésistible, qui n'était plus sa force à elle. Et Monsieur Ladmiral, qui avait une si grande envie de la retenir qu'il en aurait pleuré, l'aurait presque poussée dehors, maintenant, tellement elle avait envie de partir, tellement il fallait qu'elle parte.

Mais il ne fut pas nécessaire de pousser Irène dehors. Elle s'en alla toute seule, et très vite. Un rapide passage au jardin, excuses à Gonzague et à Marie-Thérèse, aux trois enfants des baisers comme des bousculades, un coup de pied au chien pour le réveiller, un adieu rapide à Mercédès, juste le temps de lui glisser cent francs dans la main en lui disant : « Soignez bien Monsieur Ladmiral, surtout », et Irène embarquait. Son père l'avait accompagnée jusqu'à la voiture ; la banquette arrière était chargée des cartons pris au grenier. Le caniche Médor, sur la banquette avant, haletait et trépignait, comme un chien de grand tourisme qui en a déjà assez de l'auberge.

— Au moins, dit Monsieur Ladmiral en regardant les cartons avec une nuance de regret, tu ne seras pas venue pour rien.

Il voulait plaisanter, il était déchiré, il avait pitié de sa fille, il ne pouvait rien pour elle.

— Tu es un bon père, dit Irène.

— Et toi une bonne fille !... Tu reviendras bientôt ?

— Quoi ? dit Irène, qui avait des difficultés avec le démarreur.

— Je dis : Tu reviendras bientôt ?

— Naturellement ; le plus tôt possible.

Il fallait bien se contenter de cette promesse. Monsieur Ladmiral se pencha à l'intérieur de la voiture pour embrasser sa fille. Elle lui donna deux bons baisers, sur ses joues qui sentaient la barbe mouillée, où elle laissa la marque de son rouge à lèvres. Il a vieilli, pensa-t-elle, j'aurais dû m'en apercevoir plus tôt, lui demander de ses nouvelles. J'aurais dû parler de lui avec Gonzague, faire quelque chose. Comment va-t-il ? J'ai été contente de le voir, le vieux maître. Je devrais venir plus souvent. On n'a jamais le temps de rien faire.

Elle avait mis le moteur en marche. Elle s'en allait, avec un geste de la main, elle avait les yeux humides, un arrière-goût au fond de la gorge. Elle était terriblement pressée de rentrer à Paris.

Monsieur Ladmiral regarda partir sa fille. Puis il resta sur le pas de la porte, attendant que la voiture reparût, à la sortie du village, sur le ruban de route que l'on voyait encore. Il vit en effet la voiture ; elle passa très vite, et puis on cessa de la voir. Irène avait agité la main par la portière, mais sans pencher la tête au-dehors comme elle faisait quelquefois. Aujourd'hui, elle était trop pressée.

Monsieur Ladmiral rentra chez lui. Lucien et Émile boudaient dans le corridor, à cause de la promenade manquée ; Monsieur Ladmiral les renvoya au jardin, avec un peu de brusquerie ; ces enfants étaient vraiment insupportables.

Il pensa un moment à se mettre au travail. Son coin d'atelier l'attendait. Mais il était bien tard et Monsieur Ladmiral n'avait plus de courage ; il n'aurait rien fait de bon. Et puis son fils et sa belle-fille l'attendaient au jardin. Toutes les mauvaises excuses. Il n'aurait rien fait de bon : ça, c'était vrai ; mais c'est difficile à dire. La lumière n'était plus la même ; ça aussi, c'était vrai, et c'était peut-être une bonne raison.

Monsieur Ladmiral alla retrouver au jardin Gonzague-Edouard et Marie-Thérèse. Ceux-ci, maîtres du terrain après la fuite d'Irène, n'éprouvaient pourtant aucun plaisir, vainqueurs sans victoire.

Il fallait bien tuer le temps. On fit une courte promenade sur la route, avec les enfants à la traîne, grognons et fatigués. Gonzague essayait de parler avec son père, celui-ci répondait peu, et avec une complaisance dans l'approbation qui décourageait. Au retour il fallut porter Mireille. Monsieur Ladmiral ne se proposa pas. Et en vérité il était fatigué.

Le dîner fut morne. On ne donna que de l'eau aux deux garçons, et Émile fit deux allusions à sa composition d'histoire, pour bien marquer que, s'il avait une mauvaise place après s'être couché si tard, ce ne serait peut-être pas tout à fait sa faute.

On s'ennuya jusqu'à l'heure du départ ; puis il y eut un petit débat sur le temps qu'il faut pour aller à la gare. Monsieur Ladmiral insista pour accompagner la famille jusqu'au train. Le soleil était couché, il faisait doux, clair encore ; tout le monde était fatigué, les têtes gonflées par la chaleur du jour. Quand le train parut, on s'embrassa en disant : « À dimanche prochain. » La famille s'installa dans un compartiment qui n'était pas trop plein. Mireille dormait déjà dans le giron de Marie-Thérèse : il y avait des soirs où, si elle prenait un bon sommeil dès le départ, on pouvait atteindre Paris sans accident.

Édouard, penché à la portière, agitait son mouchoir. La silhouette de Monsieur Ladmiral devenait plus petite : ce complet de velours noir avec le ruban rouge, la cravate lavallière, le petit chapeau rond, et cette bonne barbe blanche en demi-cercle. Dans huit jours il serait encore là, et dans quinze jours, et long-temps encore. Édouard était content ; le père n'allait pas trop mal, et ça fait plaisir de le voir. À lui aussi, ça fait un tel plaisir qu'on vienne le voir.

Monsieur Ladmiral mit près de vingt minutes pour rentrer chez lui. Il traînait un peu la jambe, mais surtout il n'était pas pressé. C'est si beau, la nuit qui vient. Les couleurs du ciel étaient ravissantes, perle et grenat léger, avec une bande vert amande, tendue, toute droite, comme tracée au tire-ligne. On n'oserait pas peindre ça.

Et le lendemain, comme tous les lundis, Monsieur Ladmiral recommença à attendre le dimanche suivant.

En descendant au village, il rencontra M. Tourne-ville, qui lui dit :

— Vous avez eu un bon dimanche, Monsieur Ladmiral ?

— Excellent, dit Monsieur Ladmiral, tout guilleret.

— Vous avez eu de la famille ?

— Oui, dit Monsieur Ladmiral. Ma fille.

L'IMAGINAIRE
GALLIMARD

Axée sur les constructions de l'imagination, cette collection vous invite à découvrir les textes les plus originaux des littératures romanesques française et étrangères.

Volumes parus

Ouvrage reproduit
par procédé photomécanique.
Impression Société Nouvelle Firmin-Didot
à Mesnil-sur-l'Estrée, le 3 février 2005.
Dépôt légal : février 2005.
1er dépôt légal : décembre 1945.
Numéro d'imprimeur : 72170.

ISBN 2-07-077364-7/Imprimé en France.

136107